소통과 힐링의 시 15

시가
골목길로
내려왔다

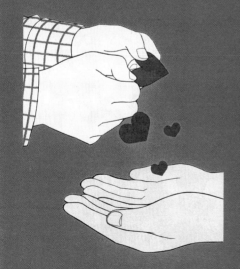

골목길로 내려온 소통과 힐링의 시를 전하며

시가 너무 어렵다고요? 그건 시를 밤하늘의 별을 따는 이야기로 만들어 놓은 사람들의 이야기일 뿐입니다. 걱정하지 마세요. 밤하늘의 별을 따는 특별한 사람들의 이야기가 아니라 골목길 시장통에서 젓가락 장단 두드리는 이웃들의 이야기가 여기 있습니다.

요즘 시답지 않은 시가 넘쳐난다고요? 그건 시를 너무 쉽게 보는 어설픈 사람들의 이야기일 뿐입니다. 실망하지 마세요. 어설픈 시인 행세를 경계하며 세상에 대한 포근한 시선으로 골목길의 인심을 노래하는 이들의 이야기가 여기 있습니다.

골목길 시장통에 펼쳐진 삶의 애환을 주워가며 따뜻한 이야기를 펼쳐주는 진솔한 소통과 힐링의 시가 여기 있습니다.

함께 해주실 거죠?
당신에게 드립니다.
살포시 받아 주세요.

2019년 가을에
편집부

서시

별이 그런 것처럼 그대도 같이
그리움만으로 먼 하늘 물들일 수 없어
하늘만 우러르다 지친 목마름
발끝으로 슬쩍 내렸더니
세상에나 세상에나
골목길 가득
시가 고여 있더라

별빛이 스미니 순이 철이가 놀고
그대가 물드니 아짐 아재가 웃고
애타던 그리움 가득 풀었더니
없는 대로 있는 대로
그리움 달래는
골목길로 내려온
시가 가득
고여 있더라

크게 크게 울었어요
하늘은 더 파래졌어요

백 사람에게 한 번 읽히는 시보다
한 사람이 백 번을 읽어줄
시 한 편

쓰임에 맞게 쓰일 때 최고인 것을
우리는 이천의 노래꾼

크게 크게 울었어요
하늘은 더 파래졌어요

그래도 꽃은 피었다

서광자

미세먼지로 세상이
온통 몸살을 앓고 있다

그래도 꽃은 피었다

지우지 못하는 편지

윤석구

아주아주 오래 전에 써둔 편지입니다
언젠가는 만날 것 같은
그리운 사람 생기는 날
그때 보내려고 써둔 편지입니다

아직도 보내지 못한 편지는
책갈피 속에 예쁜 단풍잎처럼
지금도 곱게 빛이 납니다

그때가 꽃 피는 시절이었나 봅니다
첫사랑도 짝사랑도 아닌 감정이
세월이 하도 많이 흘러
버려진 줄 알았더니
지금도 잊히지 않고 수시로 고개를 내밉니다

먼 고향집 시골 뒷동산에 봄밤이 오면
소쩍새 울음소리에 베갯잇을 적시고
별이 쏟아지는 여름밤에는 어딘가에 있을 그리움을 찾아
별을 헤아리다 잠이 들곤 했습니다

가을에는 단풍잎과 함께 물들어 가는 속삭임의 언어들
겨울에는 장독대에 내리는 함박눈으로 순박함을 소복소복
쌓아 두려 했던 정성들이 연심으로 끓어올라
썼다 지우고 지웠다 또다시 써내려 갔던 사연들이
지금도 마음 한 켠에 홍시처럼 주렁주렁
받아줄 사람은 어디에서 무엇을 하고 있을까요

아직도 아직도 안개속처럼 희미하기만 한데
보내고 싶은 마음은
왜 멈출 줄을 모르는지 알 수가 없습니다
오늘 저녁 노을은 유난히도 붉게 서산을 태웁니다
서산 너머 아직도 보낼 곳 정하지 못한 사연
붉게 붉게 태우고 있습니다

매미

권경자

1.

아침에 비가 왔어요
파란 하늘이 나왔어요

시러 시러
쓰려 쓰려

크게 크게 울었어요
하늘은 더 파래졌어요

하얀 구름이
둥실둥실 떠가요

2.

매미는 땅속에서
애벌레로 7년을 산데요
바깥세상 나와서 어른이 되면
사는 날이 한 달뿐이래요
나무 수액 먹고 살면서
암컷을 부르기 위해
자꾸만 우는 거래요
으음,
실컷 울라고 해야겠어요

우체부

최덕희

오지 않는 기다림
그리움이 앙금으로
허공을 헤집는데

자전거와 스쳐가는 그림자
대문 뒤에서 넘겨보는
애달픔

편지는 오지 않고
당신은 매일 오는데
차라리
그대가 애인이었으면
좋겠어요

첫눈 내리는 날의 소묘

정구온

　첫사랑을 논산훈련소에 들여보내고 고속버스 타고 돌아오던 날 그때도 저렇게 함박눈이 내렸지 나는 따라 울었지
　펑펑
　펑펑
　눈 오는 창밖의 정경을 보며 아스라한 기억속의 그 사람이 떠올라 시간의 수레바퀴 너머로 나는 가고 있었다
　애드가 앨런 포우의 애나밸리를 좋아했던 사람 쟈니 허튼의 어느 소녀에게 바친 사랑(all for the love of a girl)을 잘 불렀던 사람, 산을 좋아하고 그 품에 안긴 산사를 즐겨 찾았던 사람, 스포츠를 유난히 좋아해 야구장도 자주 갔었지. 탁구를 치러 가서는 나의 똑딱 볼이 재미없다면서도 같이 쳐 주었던 사람, 긴 머리를 흔들고 다니는 애가 때로는 쫑다구를 긁는다고 투덜거리던 사람, 대학가의 허름한 막걸리집에서 술 한 잔 걸치면 검은 나비를 불러 주던 사람
　아니 듣기 좋았는지 내가 그 노래 좀 불러보라고 했었지
　아, 그 어느 순간 알퐁스 도데의 스테파네트가 된 듯한 착각을 하게 했던 아름다운 사람, 함박눈이 펑펑 내리는 오늘은 그와 함께 보았던 러브스토리의 주인공처럼 눈밭을 뒹굴며 눈싸움을 하고 싶다
　함박눈이 내리는 오늘만큼은
　그냥
　그 순간 속에 머물고 싶다
　그냥

8월의 밤

이경근

입추 지나
풀벌레 소리가
시원한 폭포수로
어두움 내려앉은
8월의 밤

귀뚤귀뚤
귀뚜르
뚜르
뚜

속풀이
- 지하철에서1

지하철 옆자리 아주머니가
생전 모르는 나에게
아들 며느리 이야기
속 터질 것 같다며 털어 놓는다

6개월 가도 전화 한 통 없네요 내가 어떻게 돈을 벌어서 집도
해주고 다 해줬는데 손주들 백일반지 삼백만 원짜리도 했줬는데
이것이 결혼하기 전에는 안 그랬는데 내 이제 관심 끊을 거야 친
구들도 그렇게 해주지 말라네요 아기도 봐 주지 말라네요 이제
정말 그럴 거야

아들은 내 아들인데 어떠하면 좋을까요? 저도 그러네요 아들
을 다른 집 남편으로 보고 뒷일 생각해서 각별하지 않게 기다려
봐야죠 저는 애기 본 지가 십 년이 넘었어요 힘드시죠 저도 힘들
어요 그래도 가족이니 어쩌며 좋을까요?

지하철 내리면서 구십도 인사로
확 풀렸다며 고맙다는 말로
인사를 하고 사라지는 아주머니

아버지

남향숙

당신은 외동이라 외롭다며
자식농사는 많을수록 좋다며
옥녀봉 울타리 칠남매 품으시던 아버지

고등학생 때 결혼하시고 졸업 후 사범대 합격까지 했지만 금
전으로 돈 많이 벌으신 할아버지 땅은 많이 샀어도 송아지 한
마리 값이 아깝다며 손주 대학 진학을 반대하시는 바람에 고졸
로 옥성중학교 교편을 잡으시며 학문 역사 사회를 가르치신 아
버지 옥녀봉 산길에 제일 많이 발도장을 찍으셨다는 아버지 모
르는 게 있을 때 여쭤만 보면 척척박사 자상하기도 하셨지 학
교 선생님 한참 하실 젊은 나이에 고졸이라는 이유로 외동으로
군대 안 다녀왔다는 이유로 정리해직 당하셨다는 아버지 어쩌다
약주를 드시면 대학 진학 못하고 옥녀봉에서 농사꾼 되어 끝내
펼치지 못한 꿈 회한처럼 들려주시던 아버지

아버지 이제는 별이 되어
옥녀봉보다 더 높이 올라가신 아버지
아버지 그리운 아버지

19

나에게 훈장을 주고 싶다

위영자

찍고 찍고 또 찍는데
장가계 가는 중국공항 컴퓨터 심사대
OK 종이 한 장 밀어 주면 좋으련만
우루루 밀물처럼 왔다가 OK 한 장씩 받아 들고
썰물처럼 사라지는 사람들
애가 타는 마음에 침도 바르고 입김도 허허
엄지손가락 허벅지에 문지르고
컴퓨터를 옮겨 가며 눌러 대지만
여전히 나에게는 OK 한 장 밀어 주지 않은 야속한 컴퓨터

기다리기 지친 일행들이 다가와 내 엄지를 돌아가며 눌러 대니
아파도 내색 못하고 오르지 OK 한 장만을 기다리는데
한 시간 같은 이십여 분만에 OK 한 장을 받아드니 얼마나 기
뻤는지….

젊었을 때는 아무 이상 없이 살았는데
나이를 먹으면서 꼭 이렇게 말썽이 생긴다
입국 심사 때마다
이 놈의 지문 때문에
남들은 쉬운 OK 나는 왜 쉽지 않나?
묻지 마라
내 인생 어떻게 살았는지
나는 내게 훈장을 주고 싶다

8월생

태양은 제구실 다하여 하얗게 익어가는데
그 무거운 몸 어떻게 풀었을까

어머니 삼복더위에 나를 낳으시고
바람 쐬면 산후통 걸린다는 말에
산모복으로 싸매느라
온몸에 땀띠가 났다고 하시던 어머니

아들 기다리는 집안에서 둘째딸을 낳고
덥다는 말조차도 못하고
죄인이 되어 감옥 아닌 감옥에서
몸도 마음도 울었다고 하시던 어머니

태양은 제구실 다하여 하얗게 익어가는데
어머니 사랑 더욱 아련하게 하네
8월생의 눈시울을 붉히게 하네

울아부지 백세인생

김신덕

오늘은 울아부지 백세 생신이다
아부지가 섬기시는 교회에서 백세 잔치를 열어주셨다
동영상과 함께 지나온 세월이 주마등처럼 지나간다
1920년 9월 25일생
평안북도 정주군 선천면

아무도 없는 남한땅에서
사는 것이 쉽지는 않으셨을 게다

오후에 온 가족이 다 모였다
홀홀단신으로 가꾸신 가족
결혼 한 달된 손녀사위가 하나를 더해서 열네 명
정갈한 음식을 먹고
말 잘하는 제부가 사회를 맡았다
각자 써온 편지를 읽었고 선물을 드렸다

울아부지는 아주 예전부터 꼭 신권을 준비하시고
아이들에게 봉투 편지를 써서 주셨다
누구야 와주어 고맙다
어제는 결혼 한 달된 손녀사위가 받았다
손녀사위야 와 주어 고맙다
우리 아부지 최고다
우리 할아버지 최고다

아이들도 아버지께 편지를 다 썼다
모두에게 겹친 단어들은
항상 긍정적이신, 칭찬을 잘 해주시는, 너무 멋진,
어디서나 호인이라는 아버지 할아버지
나도 편지를 읽었다
따뜻한 내 아버지여서 감사하고
아이들이 존경하는 아버지인 것이 감사하고

97년에 아버지 어머니 아주대학에 시신기증 서약을 하셨다
16번 17번째로 내가 죽으면 천국갈 터이니
젊은 학생들에게 연구하라며 정말 멋진 울아부지
나는 앨범에 가족의 사진을 가득 담아 선물로 드렸다
심심할 때 펼쳐보시라고
최고의 선물이라고 하신다
손녀와 사위가 멋진 코트를 사왔다
딱 맞고 이십 년 젊어 보이신다고 환한 미소 짓는다
베레모와 정말 어울린다

큰 잔치 열자고 했더니 백세가 무슨 자랑이냐
간단하게 식구들끼리 밥 먹자 극구 사양하시더니
작은 식탁에서 정말 큰 사랑의 시간을 펼쳐주셨다
울아부지
사랑해요

가을, 폐가에서

이인환

흔하면 몰라보는 것은 누구탓입니까
너무 흔하니 좋은 걸 당연하다 여겨
어쩌다 조금만 마음에 차지 않으면
그게 전부인양 손해라고 탓하며
넘치는 사랑 제대로 누리지 못하는
어리석음은 진정 누구탓입니까

언제까지나 머무를 줄 알았던 거죠
가까이 가까이 있는 것만으로도
충분한 사랑인 줄 몰라
먼 곳만 바라보고 바라보다
무리무리 정성 들인 꽃밭에서
흔한 사랑 몰라보더니
누구도 가꾸지 않는 폐가에
홀로 남게 되고 나니
여린 바람에도 의지할 곳 없어
쓰러지고 엎어져 악착스레
밑바닥을 박박 기고 나서야
회한의 미소짓는 코스모스

그런 거지요 흔하니 몰라보고
곁에 머물러 주는 것만으로도
충분히 넘치는 사랑인 줄 모르고
지나봐야 알고 겪어봐야 느끼는
아픈 사랑 가득 머금고
납작 엎드린 폐가의 코스모스
흔할 때 몰라본 회한은 누구탓입니까
넘칠 때 누리지 못한 건 누구탓입니까

고향 생각

권경자

밤새 울던 소쩍새야
나 몰래 야간열차라도 탄 거냐
어찌 문틈 사이로
바람 소리만 들리는고

달빛은 하얀 그리움
온 누리에 풀어 놓아
내 고향 밝히건만

아득히 먼 곳인양
바람에 묻어오는
고향 내음만
가슴에 스며들고

노인은 난로 앞에서도 춥다

노인은 들켜도 상처 받지 않는 짝사랑을 좋아 한다
그래서 자연을 사랑하고 싶어한다
그래서 봄을 그리워하는 노인의 가슴은
노을보다 진하고
이별보다 서럽고 실연처럼 눈물 겨웁다

죽은 듯했던 나뭇가지에도
새싹이 돋아나고
얼어붙었던 대지에도
새로운 생명이 솟아오르는 봄
마른 풀잎 같이 되어 가던
노인의 심장에도
새로운 사랑이 새로운 꿈으로
봄을 사랑하고 싶어
봄을 기다리며 그리워한다

아직은 숨소리가 살아 있음을 느끼며
누군가를 지독히 사랑하고 싶은
노인의 길고 긴 겨울밤의 고백이다
노인은 난로 앞에서도 춥다

몇 번이나 봄을 맞이할 수 있을까
불안한 마음도 있지만
그보다 몸이 먼저 여기저기
구석구석에서 불어 대는
외로운 찬바람에
견디기 어렵고 힘들어
더욱 애절하고 간절하다

선빵 노섬을 보며
- 사진첩6

최덕희

순이 오빠 군대 가는 날
동네 사람 모두 나와
가족처럼 배웅했지

순이는
오빠가 휴가 오면
건빵 가져 온다고
좋아라 뛰었지

오빠가 없는
나는
무척 부러웠지

해질 무렵
뒤뜰에서 굴뚝 잡고
꺼이꺼이 우는
순이 엄마를 보았지

쑥개떡

정구온

쑥국새 쑥국 쑥개떡 쑥국
겨우내 얼었던 땅 비집고 쑥이 올라올 즈음이면
뒷산에서 울어대던 쑥꾹새
흙향기 가득 절구통에 넣어 쑥떡 쑥떡
밀가루 반죽에 섞어 두들기고 치대어
누나 얼굴처럼 동그랗게 빚었지
가마솥 꽁보리밥 뜸들 때 밥 위에 올려 놓았다가
솥뚜껑 들어 올리면 코끝에 스며들던 진한
가난한 엄니 사랑

"밥부터 먹고 먹어라."
엄니 눈치 보며 이 귀퉁이 저 귀퉁이
야금야금 베어 먹던 쑥개떡
쑥꾹새는 쑥국 쑥개떡 쑥국

신날래

엄마의 젊은 시절은 더 했을 거야
진달래 어린 꽃잎처럼
가냘프게 살아온
세월만큼 그리움이 살랑거린다

앞산에 드문드문
오셨는가 싶더니
정원에도 온통 분홍빛으로 오셨네

탁자에 앉아 커피 한잔
이맘때쯤
어김없이 찾아오시는
진달래꽃
어머니 환한 얼굴이 아른하다

코스모스

이경근

홀로 피어 있어도
행복하고 아름다운 꽃입니다
가을 타는 여인이 사랑의 눈길 보내주고
한 아름 품어 줄 가을 남자 있기에

창호지 속에 꽃잎 넣었듯이
파란 하늘에 새겨 넣은 코스모스가
나란히 줄지어 길가에 미소 짓고
가을 남자 가슴 속에 여인 하나 새깁니다

어떤 시골 할머니 넋두리

신동희

"에휴, 짐도 들어야 하고 다리도 아프고 몸도 아프고…."

그러면서 생면부지 내게 다가와 말을 건다.

"많이 아프세요?"

"나는 잘 살고 싶어서 열심히 일을 하다 보니 땅을 많이 사게 되었어요. 일을 많이 하다 보니 병만 생겼어요. 한 동네 어떤 집은 늘 놀고 편안하게 살더니 늙어서 노령연금까지 받아서 또 편안하게 산다니 부럽기만 한데, 나는 늙어 몸이 아파 힘이 부족하여 농사도 짓기 힘드니, 에휴, 어쩌면 좋을까요?"

다리를 끌면서 땅에 덥석 앉아서 신세 한탄을 한다.

어떤 말을 해야 할지

어떻게 대꾸를 해야 할지….

봄날

남향숙

인생에도 사계절이 숨어 있어
여름 지나 가을 겨울 겪어봐야
숨바꼭질 하는 새봄이 찾아오듯이

한파를 지나는 나목도 얼음 강물을 건너야 소생의 푸른 빛 희망
을 피우고 겨우내 연두빛 봄은 숨어서 찾아온다

계곡이 깊을수록 산이 높듯이
겨울이 깊을수록
봄 향기는
더욱 그리운 법이다

장미

위영자

사랑은 취하는 게 아니야
가슴에 담는 거야

울타리 너머 탐스러운
빨간 넝쿨 장미
어우렁더우렁 불 꽃 피었나
오가는 사람 연신 가슴에 불지르네

꼭꼭 가시 숨겨 놓았나
꺾지 마라
함께 봐야 예쁘다

사랑은 취하는 게 아니야
가슴에 담는 거야

단풍

안지은

아낌없이 주는 사랑의 날들이여

푸른 젊은 날
스치는 바람 시린 가슴에 품었다가
젖은 땀 닦아주고 쉬어가라
그늘 내어 주던 너

아름다운 추억 속에
함께 하기를
너의 옷 곱게 물들여
높푸른 하늘 화관
뭇 카메라 앞에 서있구나

마지막 잎새 하나까지
아낌없이 내어 주는
너의 사랑도 아름다움도
닮고 싶으나
마음뿐 멀기만 하네
아낌없이 주는 사랑의 날들이여!

부모님의 고향

김신덕

부모님 고향은 평안북도
잠시 볼 일이 있어
남쪽으로 내려 오셨다가
올라가시지 못하고
늦은 나이에 남한 땅에서
살림을 시작하셨다

평안도 우리 아버지
백 세가 되셨다
추석을 맞이하니
북에 두고 온 가족들
그리움은
몇 배나 더 하시겠지?

이산가족 신청 오래 전에 되었지만
후유증이 크다고 말리시는
경험자들 충고에
늘 그리움만 품고 계신
아버지
어머니

옛사랑

이인환

그립기는 하지만 다시 돌아가라면
그럴 수도 그럴 리도 없지만
한시라도 보지 못하면 터질 것 같았던
내 청춘 옛사랑 내 전부였던 그 시절
아니요 아니요 차라리 애틋함으로
화석을 만들지언정 다시 돌아가라면
아니요 아니요
잘 가라 옛사랑
차마 고백도 못하고
꺼이꺼이 술잔에 가난을 적시며
잘 살아라 잘 살아라 쥐어뜯던
청춘은 끝끝내 몰라도 좋아라
보고프긴 하지만 다시 돌아가라면
영영 놓치지 않을 자신 있지만
그럴 수도 그럴 리도 없기에
어디서든 언제든 오롯이
잘 살겠지 잘 지내겠지
안녕 안녕 잘 가라 옛사랑

백 사람에게 한 번 읽히는 시보다
한 사람이 백 번을 읽어줄
시 한 편

살아보니 보람 있다고 생각하는 삶은 설렘을 끊임없이 찾을 때였고,
가장 행복한 삶은 그 설레는 일을 하고 있을 때였던 것 같다.
그래서 시의 소재를 찾고 메모하고 있는지 모르겠다.
그곳에는 언제나 설렘을 주는
새로운 꿈과 희망이 있기에….

윤석구
1940년 예산에서 태어남. 이천 안흥동 거주. 아동문학가. 동요작가. 한국동요사랑협회 고문. 에이스침대 대표. 공저 시집 『시가 흐르는 골목길』

아내가 집을 비운 날

어쩌다 하루
아내가 집을 비우면
나도 해방이다
아침밥 챙길 일 생각하면
걱정도 되지만
햇반이 나온 뒤론 그것도 안심이다
아마 아내도
내가 출장을 가면 그랬을 것이다
간섭은
서로 관심인데
잔소리로 생각되고
무관심 하면 정이 없는 것 같아
서운한 건데
아닌 척 모른 척한다

나이가 들어가도

가을엔 떠나고 싶어요
누구라도 만나 떠나고 싶어요
단풍잎 곱게 물드는 모습
함께 바라 볼 수 있는
그런 사람과 같이 떠나고 싶어요

가을에 떠나고 싶어요
그대로 멀리 멀리 떠나고 싶어요
갈대꽃 흩날리어
강물에 흐르듯
멀리 멀리 흐르고 싶어요

가을엔 떠나고 싶어요
쓸쓸함이 싫어서 떠나고 싶어요
누군가 기다릴 듯한
아름다움을 만날 것 같아 떠나고 싶어요

윤 석 구

늙어 가는 길

처음 가는 길입니다
한 번도 가본 적 없는 길입니다
무엇 하나 처음 아닌 길은 없었지만
늙어 가는 이 길은 몸과 마음도 같지 않고
방향 감각도 매우 서툴기만 합니다

가면서도 이 길이 맞는지
어리둥절할 때가 많습니다
때론 두렵고 불안한 마음에
멍하니 창밖만 바라보곤 합니다
시리도록 외로울 때도 있고
아리도록 그리울 때도 있습니다

어릴 적 처음 길은 호기심과 희망이 있었고
젊어서의 처음 길은 설렘으로 무서울 게 없었는데
처음 늙어 가는 이 길은 너무 어렵습니다
언제부터인가 지팡이가 절실하고
애틋한 친구가 될 줄은 정말 몰랐습니다
그래도 가다 보면
혹시나 가슴 뛰는 일이 없을까 하여
노욕인 줄 알면서도
두리번 두리번 찾아 봅니다

앞길이 뒷길보다 짧다는 걸 알기에
한 발 한 발 더디게 걸으면서 생각합니다
아쉬워도 발자국 뒤에 새겨지는 뒷모습만은
노을처럼 아름답기를 소망하면서
황혼길을 천천히 걸어갑니다
꽃보다 곱다는 단풍처럼
해돋이 못지않은 저녁노을처럼
아름답게 아름답게 걸어가고 싶습니다

윤 석 구

어느 노시인의 고백

백 사람에게 한 번 읽히는 시보다
한 사람이
백 번을 읽어줄 시 한 편
쓰고 싶다는 어느 노시인의 고백은
어느 낭송시보다 더 그윽한 향기였다

세월에 삭은 곤한 몸짓에
글자도 흔들렸고
음성도 뒤뚱거렸지만
천둥 같은 큰 울림
해일 같은 바다를 펼쳐 놓았다

노인도 꿈은 늙지 않는다

노인은 두 개의 꿈을 가지고 살아간다
하나는 지난 날 아름다웠던
기억의 나라를 간직하는 꿈이고
또 하나는 비록 시간은 부족할지라도
나이를 잊고
지금까지 그래왔던 것처럼
가슴 설레는 희망의 꿈을 안고 살아간다

어린시절 짝꿍에게 잘 보이려고
애쓰던 모습이 떠올라
쓸쓸할 것 같지만 금방 아련한
그리움으로 입가에 미소를 머금게 하는
천진난만한 꿈도 있고
사춘기에 짝사랑하던 이의 교복 옷자락만 보여도
가슴이 쿵쾅거렸던
기억들은 노인의 꿈에서도 힘차게 뛴다

노인은 지혜로움을 안다
여행을 계획하고 꿈꾸고
사랑을 꿈꿔도 시비할 사람을 만들지 않는다
멈추지 않는 가슴 설레는 꿈으로
노인의 삶을 즐길 줄 안다
그렇다
노인도 꿈은 외롭지 않다

노인은 두 개의 꿈을 가지고 살아간다
노인도 꿈은 아름답다
노인도 꿈은 영원히 늙지 않는다

윤 석 구

노인의 하루

노인이 느끼는 시간은 가을비만큼 오락가락이다
때로는 하루가 일 년 같고 일 년이 하루 같고
더러는 낮보다 저녁이 더 길고
계절보다 일 년이 더 짧다
살아온 날보다 살아갈 날이 훨씬 짧은데도
왜 그토록 날마다
하루의 시간과 힘겨운 다툼을 하는지 모르겠다
노인은 사람보다 당장 앞에 보이는 모든 것들과
친구가 되려고 노력해야 외롭지 않다는데
갈수록 눈앞에 보이는 것마저 희미해져 가니
순간순간 당황할 때가 많다

그대들 늙어 보았는가 젊은이들이여
외로이 늙어 하루를 오락가락하지 않으려면
노인들과 어울리는 연습 좀 해 주구려
깊은 밤일수록 별이 아름다운 것은
외로운 사람들과 어울리는 청춘의 선물로 생각하구려
귀뚜라미가 밤에만 울어 주는 것도
오락가락 하루를 위로하는 자연의 선물로 여겨주구려
노인의 하루하루는 지루하게 반복되는 시간이 아니라
순간순간 사라져 가는
아름다운 노을 같은 시간이라 생각하구려
그대들 노을에 물들어 보았는가 젊은이들이여
외로이 늙어 하루를 오락가락하지 않으려면
황혼에 물든 노인들과 어울리는 연습 좀 해주구려

노인이 특권은 아니다

노인이여 갈대의 노년을 잠시라도 보시라
갈대꽃의 아름답게 보이는 꽃만 보지 말고
바람에 순응하는 자연의 섭리와 순리를 보시라

노인이 되는 것은
삶의 한 과정이며 순서이지
특권의 자리가 아니더이다

노년을 훈장처럼 생각하고 특권을 누리려는 이들이 있어
주위를 힘들게 하고 젊은이들을 어렵게 하더이다
그래서인지 노인이 지켜야 할 수칙을
여러 문구로 여러 곳에서 강조하는 것을 보면
매우 씁쓸하고 서글퍼지더이다

노인은 노인다워야 대우를 받더이다
권위를 찾으려고 할수록 사람들이 떠나더이다
지난 날 전성기를 생각하며
그때로 돌아가고 싶어 안달하지 말고
아이들을 사랑하고 동심으로 돌아가시라
그곳이 바로 동화나라이고 낙원이더이다

노인이여 단풍 중에서 가장 예쁜 색을 닮고 싶고
노을 중에서 가장 아름다운 빛이 되고 싶으면
삶도 자연이니 노욕을 버리고 자연의 이치에 순응하시라

노인이여 갈대의 노년을 잠시라도 보시라
갈대꽃이 아름답게 보이는 꽃만 보지 말고
바람에 순응하는 자연의 섭리와 순리를 보시라
노년의 행복은 특권이 아니라 인품이더이다

윤석구

노인의 추억

노인의 추억은 절절하고 간절한 그리움에 물들어 있다
다시 돌아갈 수 없다는 것을 알면서 늙어왔고
결코 다시 돌아갈 수 없다는 것을 새기면서도
노년의 추억은 저절로 물들 날이 많기에 더욱 그렇다

노인의 추억은 오래 묵은 유년의 추억일수록 더욱 빛이 난다
초등학교 시절 교실 뒤편에 펼쳐진 보리밭의 보리가 익어갈 때
선생님이 들려주던 풍금 소리
계곡에서 가재 잡고 개울가에서 물놀이하던 친구들
생각만 해도 단숨에 달려가고픈 그리움이기에 그렇다

사랑하는 사람과 첫눈을 맞았을 때의 설레임이
노년에도 기억 속에서는 가슴을 뛰게 하고
별빛이 쏟아지는 여름밤에 닿을 듯 닿을 듯하던
그의 손길이 늙어서도 마음만은 사랑으로 불타게 한다
가을 바람에 단풍이 물들면 노인의 추억은 노을이 되어
가슴을 여리게 물들여 준다

행복을 누리는 노년은 좋은 추억을 가진 노인이다
추억은 만든다고 되는 것이 아니라
살아가면서 저절로 만들어지는 것이라
좋은 삶을 살아야 좋은 추억이 더욱 많이 만들어지기에
좋은 추억을 가진 노인은 행복을 누리는 노년이다

살아온 삶 중에서 좋은 것만 골라 반추할 수 있다면
더욱 빛나는 보석으로 다져질 수 있기에
추억도 노후자금처럼 아름다움을 자꾸만 저축해야 한다
아름다운 추억을 저축하지 못하면
늙어서 몸과 마음이 가난한 추억의 노숙자가 된다

노인의 추억은 절절하고 간절한 그리움에 물들어 있다
결코 다시는 돌아갈 수 없다는 것을 알면서도
노년의 행복은 추억으로 물들 수밖에 없기에 더욱 그렇다

윤 석 구

남한강변에서

벙벙하게 갇힌 듯
잔잔히 출렁이는 물살이
어느 쪽으로 흐르는지
분간 못할 강변에서
하루 휴가를 얻어 본 시간은
시간을 휴가 보낸 안식이었다
강을 내려다 보는
앞산의 침묵
그건 침묵이 아니라
사색으로 전하는 은어였고
잔잔한 물결 파동은
서로가 주고받는 속삭임이었다

뒷산 그림자에
잔뜩 샘이 난 앞산 점점
강가에 내려와 어느 새
물살을 꼬오옥 품고 있다

고향으로 달리는 여름 이야기

갓 따온 오이의 상큼한 냄새처럼
고향의 이야기가 산뜻한 향기로 다가온다

할아버지가 꼬아서 만들어 준 노끈은
오이처럼 잘 자라라고 달아 주었던 소품

칼질하듯 자를 때 풍겼던 그 냄새
할아버지 사랑으로 노란 꽃술에 앉는다

긴 장마비에 징검다리 비틀거리고
송아지 꼴짐 위에 들꽃 몇 송이가 피어 있었다

저녁노을은 골짜기 옹달샘에 붉게 물들고
서산 너머 너머까지 붉게 붉게 물들였다

할머니가 피우던 모깃불 쑥연기 매캐했는데
지금은 향기로 매달리는 여름밤 고향엔

할아버지도 없고 할머니도 없다
내 가슴에 쓰고 있는 여름 이야기뿐이다

윤 석 구

시를 쓴다는 것은 어려운 일이지만 세상 어느 것 하나 버릴 것이 없는 소중한 벗이자 이웃입니다.
영혼의 단풍 짙게 물들어 언제 낙엽으로 돌아갈지 몰라도 마음은 늘 청춘으로 시를 쓰는 행복에 푹 빠져 있습니다.

권경자
1942년 안동에서 태어남. 이천 백사면 거주. 공저 시집 『시가 흐르는 골목길』, 『시화로 만나는 청춘』

꿈속에서

잊은 줄 알았는데
어젯밤 곤히 잠든 사이
말없이 오시었기에
반가운 마음에
말을 걸었지요

그런데 당신은 당신은
말이 없었네요
손이라도 잡아줄까 다가섰지만
입가에 미소 띠고
그저 바라만 보고 있었지요

서운하여
흐느껴 울다 깨어보니
당신은 안 보이고
흐르는 눈물만
베개를 적시고 있네요

그렇게 갈 거면서
왜
설렘만 주고 찾으셨나요
정이 무엇인지
긴 밤 지새게 하네요

권 경 자

되돌아본 그 날들

옛 그리움은 잊지 못하네
그때 불던 바람
지나가고
다시 오지 않지만

감자꽃 필 무렵
뙤약볕도 벗을 삼고 두셋집 어울려
강가에 천막집은 일등 호텔
낚시 드리워 쏘가리 몇 마리
매운탕이 익어갈 때
강물로 간하고 바람과 햇살로 양념하니
더없는 작품이었네

마치
꿈을 꾸고 허허로워
또 다시 생각하듯
맴도는 아련한 그리움
옛 그리움은 잊지 못하네

상미

그대 오시다 머물고 계신가요
불빛 반짝이는 저 집에는
봄이 오고 새가 우짖는
낙원은 펼쳐졌는데
그대는 왜 이리 더디신가요
길이 멀어 늦으신가요
볼 수 없으니 잊으신 건 아닌가요

목련은 벌써 지고 있어요
기다림에 지쳐
당신을 잊을까 겁이 난답니다
꽃신 신고 사뿐사뿐 오시옵소서
너무 늦지 않았으면 하는
바람뿐이랍니다

천 경 자

마음이 그리워질 때

보고 싶다
보고 싶다
울엄마가 보고파진다

누군가 부르던 노래
오늘은 내 노래가 되고
이슬이 촉촉촉 눈가를 적시네

야산에 뻐꾸기도
엄마 생각에 우는가
오늘 따라
유난히도 슬피 들리니

애절하다 그 마음
너와 나 같은 심정이라면
울지만 말고
우리 서로
위로함이 어떠랴

딸네 가는 길

높지 않은 능선
누군가를 부르는 오솔길
그림자 마저 묻혀가고
어지러운 솔바람 길을 잃고
방향 없이 지날 적에

바스락 대는 가랑잎 소리에
소스라쳐 놀라는 청솔모처럼
누군가의 손이라도
잡고 싶은 간절한 마음

가슴에 고이 묻은 이
곁에 세워
소리없는 이야기
주고 받으니 마음 든든해

노을은 비껴가고
침묵의 어스름 잽싸게 와도
가자 저 능선 너머엔
아직은 붉은 노을이 비춰 줄 테니

권 경 자

여행

삶이 곧 여행이 아니던가
육신이란 월셋집 살면서 기간 만료까지
그 누구도 잡는 이 없고
만류도 없는
무대에서 선웃음 치는 곡예사처럼
높고 낮은 계곡도
곧은 길 굽은 길 다 거쳐서
때로는 긴 여정에 시달려
가끔씩은 멈추고도 싶지만
그것마저 마음 먹은 대로 되지 않아
때때로 후회할 일 남기며
어릴 적 꿈들을 이루려 늘 바쁘게
시간을 따라 세월을 넘어
쉴 사이도 없이 가고 또 가서 이룬 꿈
얻은 것만큼 다 반납하고
올 때처럼 빈손일 때가
온다는 것을 알면서도
어느새 백발이 날리도록
왜 바둥바둥 떨면서 살았는지
뒤돌아보니
뱅글뱅글 제자리 돌고 돌았네

어머니는 약
- 투병일기 12

오갈 수 없는 먼 곳
강산이 수없이 바뀌어도
그리움은 가득 가슴을 채우고 있네요

당신은 언제나 제 곁에 계시죠
저녁이면 다독다독 잠재우시고
날이 새면 무사안녕 비시며
풀잎처럼 보고픔이 피어오를 때
말없이 던져주는 미소가
언제나 용기 잃지 말라 하시지요

언젠가 제 손을 꼭 잡고
동리에 있는 미용실로 가셨지요
우리 딸이야 하시며
자랑삼아 소개하시던 어머니

경자 씨랑 이름이 같아 하시며 웃었지요
미용사가 맞장구를 쳤지요
어머니, 저 누굴 닮았어요
응, 이름이 같아 내 딸이니 나 닮았겠지
어머, 결국은 어머니 자랑하셨네요
미용실 안에 웃음꽃이 피었지요

아플 땐 어머니가 약이랍니다
보이지 않아도 나를 보고 웃어주실 땐
어머니의 사랑이 모든 것을 이긴답니다

천 경 자

추석은 다시 오고

사립문 열어놓고 그리움을 기다린다
달 밝은 밤이면
별빛은 하늘을 내어주고
시골집 툇마루로 내려앉아
그리움 더욱 진하게 물들여 놓는다

웃음도 담장 너머로 나누던
옛 동심 그리워라
가을은 서서히 물들어
가슴 한 자락에 머물고
뙤약볕에 구슬땀 씻어내고 돌아보니
먼 줄만 알았던 추석이 눈앞에 꾸벅인다

나 늙어 부모 되고 보니
어머니 마음 알겠건만
철들자
부모님 아니 계시니 이제야
지난날 못다 한 효
주마등처럼 얼룩져 간다

고달픔도 잊으시고
정성껏 빚고 빚은 송편 넉넉히
얼굴만 보이는 담장 너머로 주고받던
인정 하나하나 잊혀가니
내 영혼에 짙게 물든 가을
느끼지 못하고
늘 청춘인 줄만 알았네
올 추석도
사립문 열어놓고 그리움을 기다린다

단풍잎

너를 잊고 있었구나
지난 가을 어느 날
발 앞에 떨어진 잎새 하나
무심히 밟으려다 주워들었다
빨간 립스틱 색 너무 고와서

거울 앞에 앉아
하얀 얼굴에 붙여 보았지
곱구나
이렇게 고울 때가 언제였었나
차마 버리지 못하고
책갈피에 끼웠던 빨간 단풍잎

오늘에야 생각이 나
책을 펼쳐보니
나를 보고 웃어준다
오랜만이라고
그래 그래 오랜만이구나

천 경 자

풀꽃

길섶인들 바위틈인들 어떠랴
지천에 널리 널리
수줍게 미소 지으며
졸망졸망 피고 지는 작은 꽃잎들

빛과 모양 서로 달라도
바람 햇살 둘러 둘러 스쳐주니
절벽 끝에서도 당당하게
웃으며 인사한다

구름도 조심조심
쉬었다 가고
갈 바람 손잡아
춤사위로 같이 하니

제멋에 겨워
오롯이 그리운 사랑
어쩌자고
오가는 발길 잡아
멈추게 하나

동산에 올라 진달래꽃 따서 소꿉놀이만 할 줄 알았던 어린 시절은 꿈같은 시절이었습니다. 어렸을 때 가난으로 집을 떠난 친구에게 편지 쓰던 습관이 글공부가 되어 자연에서 뛰어놀던 그 시간들, 유난히 많은 추억을 풀어가며 시를 쓰는 날들이 행복합니다.

최덕희
1952년 이천에서 태어남. 이천 창전동 거주. 한국사진작가 협회회원. 수필샘 회원. 수필집 『자연과 놀다』, 공저 시집 『시가 흐르는 골목길』

겸상

먹이만 있으면
꼬꼬 꼬꼬
새끼들 부르지

겸상 아니면 먹지 않는
암탉 가족
꼬옥 우리 엄니 닮았지

두레상

와왕 와왕
맛있게 먹으라고
왕처럼 먹으라고

꽃 한 송이 떨어졌다
벌가족 모여
두레상 차렸다

와왕 왕
벌처럼 일하면서
왕처럼 먹으라고
두레상 차리던 엄니처럼
와앙 왕 왕 왕

최 덕 희

슬픈 안개

짙은 안개는 그녀를 감추어 버렸지

새벽 속을 떠난 숙이엄마
혀를 차며 동정하는 동네 아주머니들
숙이 울며불며 엄마를 찾았지만
안개 속에 숨어버린 엄마의 눈물은
온 동네를 촉촉이 적셨지
돈 벌면 꼭 온다고 약속하며 떠난 엄마를
입술 깨물며 기다리다
안개만 끼면 숙이는 동구 밖을 본다
나도 덩달아 보았지
꼭 숙이 엄마가 돌아오시길 간절히 바라며
뿌우연 안개 속에 나타날 것 같아
눈을 못 떼는 슬픈 기다림

집 한 채라도 사 놓으시고
숙이를 기다리시나 보다
지금까지 안 오시는 걸 보니

뉴질랜드의 별

어렸을 적 밤하늘 함께 하던 별
한참을 안 보이더니
아하
여기로 이사왔구나

별 식구들 모두 밀포드에 모였네
북두칠성 여전히 일곱 식구
반짝반짝 밝은 별
오리온 그 자리
역시 초롱초롱 밤하늘 지키네

전깃불 없는 산중을 지키러
이 마을 찾아왔느냐
금방 쏟아져 내릴 것 같은 은하수
어렸을 적 마당에 누워 밤하늘 볼 때
도란도란 할머니
은하수가 입에 닿을 때쯤이면
햅쌀 먹을 때라 하셨는데
여기도 입 위에 마주 닿는 걸 보니
이 마을도 햅쌀 먹을 때가 되었나 보다

어릴 때 보고 이제 보니
한없이 반갑구나
큰 가방에 가득 담아 가져가고 싶구나

최 덕 희

유월

뻐꾸기도 유월이 한창이라는데
우리 농부의 한창은 언제 오려나

뻐꾹 뻐 뻑꾹
유월을
구가하는 노래

봄 농사 얼추 정리된
논밭 보며 한숨도 잠시
노심초사 장마를
대비하는 농부의 마음

뻐꾸기도 유월이 한창이라는데
우리 농부의 한창은 언제 오려나

숙여 살려

마루에 벌레 한 마리
꿈틀꿈틀
징그럽게 기어간다

빗자루 들고
잠시 망설인다
얼마나 살고 싶을까

나도 살고 싶어
어제 약 한 봉지 먹었지

살며시 쓸어 담아
잔디 위로
잘 살아라

최 덕 희

어머니의 가을

가을이면 곱게 물든 단풍과
언제나 단정하셨던 어머님을
머리에 이고 다닙니다

단풍은 저렇게 예쁘게 늙는데
인간은 왜 그리 추하게 늙는지
어머니는 말씀하셨습니다

가을 여행을 좋아 하셨지요
단풍구경 가시면 눈을 떼지 못하시고
좋아라 좋아라 하시더니

초가을이 시작될 때
어머니는 단풍처럼
아름다운 생을 수놓으셨습니다

가을이면 곱게 물든 단풍과
언제나 단정하셨던 어머님을
머리에 이고 다닙니다

내가 원하는 세상은

그게 아니었는데
그것이 아니었는데

돈 때문에 부모 잃고
사랑 탓에 친구 잃고

그것이 아니었는데
그게 아니었는데

내가 원하는 세상은
흐르는 샘물에 손 담그며
미소로 종알종알

진달래꽃 입 속에
파릇파릇 새싹도
너 하나 나 하나
오래 오래

최 덕 희

이것도 농사라고

뉴스를 본다
비가 온단다
세상은 메말라 간다

몇 번이나 지나치는 비소식
심어놓고 한 번도 적셔보지 못한 옥수수
바라보기 민망스럽다

이렇게 기다림이
먼 동구 밖 그림자처럼
애태워본 적 있었던가

차 한잔 드릴게요

우리집은 인당갤러리
지나다가 들리세요

이천 관고재래시장 중앙통
기독교서점 성음사 옆집 2층
외국에서 온 물건들이
볼 만하구요

누구든지 차 한잔 드립니다
사랑도 듬뿍 넣어 드려요
오늘도 내일도 기다립니다
인당갤러리에서

최 덕 희

시는 잃어버린 나를 찾아 떠나는 여행입니다. 먼 기억에 자리 잡은 고향집, 어머니의 부뚜막과 찬장의 사기그릇 같은 정겨움, 배고픈 설움도 있었고 뼈아픈 눈물도 있었지만, 시간의 징검다리를 건너며 별이 되어진 것들
"이제 아내로도 살지 말고
엄마로도 살지 말고
정구온이란 이름으로 사세요."
눈물겨운 딸아이의 말처럼 그 이름을 찾아 오늘도 한 걸음 한 걸음 떼는 발걸음.

정구온
1953년 온양에서 태어남. 여주 연양리 거주. 대한해운 주식회사 근무. 인사동 〈보물창고〉 창고지기. 공저 시집 『시가 흐르는 골목길』

나를 스쳐간 바람은

나를 스쳐간 바람은
사랑이었음 좋겠습니다
그 바람 가서 머무는 곳마다
사랑이 꽃피었으면 좋겠습니다
봉긋 봉긋 봉긋

나를 스쳐간 바람은
위안이었음 좋겠습니다
오도카니 들어 앉은 절망
일어설 힘조차 없는
누군가에게 희망의 꽃씨 하나
떨어뜨렸으면 좋겠습니다
사분 사분 사분

나를 스쳐간 바람은
빛기둥이었음 좋겠습니다
슬프고 아픈 마음
눈물조차 흘릴 수 없는
그 마음 곁에
환한 빛을 부어 주었으면
좋겠습니다
반짝 반짝 반짝

정 구 온

내가 사랑하는 것은

노을을 등지고 집으로 가는 길
바라볼 수 없는 아쉬움을 안다는 듯
백미러에 비춰진 노을
그 아름다움을 사랑합니다

마음에 파도가 일렁이던 날
나도 너와 함께 할게
속삭이며 철썩이던
서해의 파도를 사랑합니다

친구라는 아름다운 이름
슬플 때는 함께 울어주고
아플 때 함께 아파해주고
웃음 치료사가 되어 준다며
늘 함박꽃 피우게 해 주고
기도로 응원해 주는
깊고 깊은 우정을 사랑합니다

피는 꽃이 이쁘면 지는 꽃도 이뻐해야 한다며
팔순의 각시가 참 예쁘다던 어느 시인의
아름다운 마음을 사랑합니다

결혼한 딸아이가 넣어준 봉투 속의 마음
"결혼해서 살림과 일을 병행하다 보니
수십 년 일과 살림을 해온 엄마를 존경하고 사랑하고 감사합니다.
이제는 아들딸의 엄마보다 아내라는 이름보다
정구온이라는 이름으로 살아가세요."
어느 새 훌쩍 커서 어른이 된 딸아이를 사랑합니다

북카페에 다녀 온 아들이
"엄마도 가시면 좋아할 거 같아요. 다음에 같이 가요, 엄마!"
엄마의 취향을 헤아려주는
아들의 마음을 사랑합니다

뜨는 별이 외로울까 봐
해도 서산으로 넘어 가기 전 노을을 보듬고 떠 있는 초승달
너 하나 나 하나로 피어나는 달과 별의 노래도 사랑합니다

정 구 온

여름의 끝자락에서

지난 여름이 가혹했다고는 말하지 마십시오
희망이 없는 시련은 없습니다

느티나무가 냇물에 쓸려갈 듯 아슬아슬한 모습이어도
뿌리를 깊이 내리고 있듯이 희망이 없는 시련은 없습니다
목백일홍 곳곳에서 마중물처럼 반겨 주던 여름날은 아름다웠습니다

연꽃이 분홍빛 수줍은 미소로 나그네를 반겨주던 여름
숲에서 혼신을 다해 노래하는 매미들의 합창이
귀뚜라미 울음소리에 자리를 내어주는 9월이 오면
나 그대를 사랑한다 고백할 수 있을까요

해바라기 마을에 고작 몇 송이만 피어 있을지라도
그 하늘은 맑고 푸르렀듯
여름은 참으로 아름다웠습니다

지난 여름이 가혹했다고는 말하지 마십시오
희망이 없는 시련은 없습니다

당신의 날개 아래

내가 무척이나 커 보이던 때
당신은 내게
침묵으로 답하셨고

당신 앞에
한없이 작아졌을 때
당신은 내게 손을 내미셨지요

당신과의 그 작은 만남으로
눈설은 모든 것은 아름다웠고
귀설은 모든 것은 음악이었지요

삶의 바다 위에서
가없이 표류할 때
짓눌려 오는 버거운 무게로
허우적일 때

당신은
빛의 나래로
사랑의 뗏목으로
내 곁에 다가오셨지요

이제는 당신의 날개 아래
아름다운 사랑의 깃털을 달아
저 푸른 창공을 날게 하소서
초록이 무성한 열매를 맺게 하소서

정 구 온

워째야 쓰까나잉
- 요양원 일기 32

바람 불던 가을 어느 날
바닷가를 산책하던 엄마와
나의 앞으로 뒹굴던 나뭇잎이
와락 안기려 하자
자동 반사기처럼 노래를 부르던 엄니

"가을이라 가을바람 솔솔 불어오니
푸른 잎은 붉은 치마 갈아 입고서…."
그 옛날 일제시대 고등학교 합격하고
배구도 하고 발레까지 했던 신여성이었던 엄마
외할아버지가 면장집 아들이라고 등떠미는 바람에
멋모르고 시집을 갔는데
허구헌 날 술주정에 두들겨 패기까지 하는
아부지를 견디다 못해 약 먹고 죽으려다
간신히 살아 난 엄마

서울로 가 버린 엄마를 찾아
아부지는 눈에 불을 켜고 찾아 나서고
할머니에게 맡겨진 동생들은 빽빽 울어대고
그 동생들 바라보며 할머니는 늘 그러셨지

"니 엄니는 가고 없는디 이 노릇을 워째야 쓸까나
워째야 쓸까나 징한 년놈들 나보고 워쩌라고
워째야 쓰겄냐 워쩌면 조컸냐 잉."

아직도 빨래 하던 때의 곱디 고운 모습 남아 있는 엄마
바람 부는 바닷가에서 가을 바람을 노래하던 엄마
의사는 엄마에게 치매3기라 하셨지

"엄마 치매 핑계대고
아팠던 그 시절 다 잊으세요
사랑해요."
워째야 쓸까나
워째야 쓸까나

정 구 온

화전

화전 속에는 친정살이에 몰래
눈물 삼키던
큰 이모의 봄햇살이 담겨 있다

동생들 돌보던 야무진 살림꾼 큰 이모는
일찍 가신 할머니 대신
할아버지 생신 때면
너무 예뻐서 먹기에는 아까운 화전을
곱게 빚어 내 놓았지
하얀 반죽엔 보랏빛 방앗잎
분홍 반죽엔 하얀 앵두 꽃잎
녹색 반죽엔 홍매화 꽃잎

시집살이 3년에 아이 낳지 못한다고
소박맞아 친정살이 하는 큰 이모
자태처럼 곱고운 화전을 꽃무늬 접시에
서너 개 담아 상에 올리면
외할아버지는 아린 마음 삭히시면서도
모처럼 흡족해 하셨지

행여 다 드시려나
할아버지께서 물린 상에 놓인 것만
우리들 몫이어서 곁눈질하던 시절
그걸 아시는 할아버지 한두 점
나머지는 다 우리들 차지

행여 누가 먼저 먹을세라
상 나기가 무섭게 입에 쏙 넣어 주시곤
흐뭇하게 바라 보셨던 큰 이모

큰 이모의 보랏빛 방앗잎 속에는
여자가 배우면 뭐하냐며 학교를 보내 주지 않으신
외할아버지의 쓰라린 회한이 담겨 있고

큰 이모의 하얀 앵두 꽃잎 속에는
소박맞은 이모의 설움이 담겨 있고

큰 이모의 홍매화 꽃잎 속에는
동생 사랑 조카 사랑 지극한 사랑이 담겨 있다

화전 속에는 친정살이에 몰래
눈물 삼키던
큰 이모의 한생이 담겨 있다

정 구 은

들꽃으로 피어나게 하소서

임이여
일상을 뒤로 접고 달려 온 것은
임을 만나고 싶음이요
임이 간절히 그리운 까닭입니다
임도 나를 사랑한다는
그 한 마디가 듣고 싶음입니다

내게서 그 얼굴을 돌리지 않고
내게서 그 음성을 감추지 않고
나도 너를 사랑하노라는
그 한 마디 듣고 싶음입니다

임이여
당신이 침묵할지라도
그대 향한 사랑의 심지가
꺼지지 않고 타오르게 하소서
기다리다 기다리다
그대 향한 사랑을 포기하지 않게 하소서

침묵의 사랑 깨달아
더 큰 사랑으로 다가가게 하소서
눈물로 씻기어야 당신의 향기
담을 수 있겠기에
당신의 향기 발할 수 있겠기에
얼룩진 눈물로

더럽고 추악한 내 모습을 씻어 냅니다

눈물로 사랑을 고백함보다
당신의 향기 머금고 피어나는
한 송이 꽃이길 바라는
임이여
씻어도 씻어도
내 눈물 모자라 씻기어지지 않는
허물일랑 덮으시고
오직 천상의 향기 묻어나는
들꽃 한 송이로 피어나게 하소서
사랑으로 피어나게 하소서
기쁨으로 피어나게 하소서
감사로 피어나게 하소서.

정 구 온

어머니의 코스모스
- 요양원 일기 37

가녀리면서도 강한 어머니의 청춘을 마주한다
코스모스 꽃길을 거닐면
잃어버린 꿈의 조각인 듯 분홍빛 하얀빛 자주빛으로
하늘거리는 코스모스 앞에 서면
시집살이 견디지 못해 서울로 가신 어머니가
3년 만에 아들과 재회해서 갔던 공원의 추억들이
빛바랜 앨범 속의 사진처럼 아스라이 머문다

으스러져라 아들을 껴안고
서울로 데려가 학교 보내주마 약속했던
코스모스가 만발했던 그 곳
사진 하나 박자며
사진사를 찾았건만 금세 보였던 사진사는 어디로 가고
마음의 갈피 속에 고이 간직했던 어머니

사환으로 구두닦이로 힘겨운 생활을 하면서도
학교에 보내 주겠다는 어머니의 말은 희망의 끈이 되어 주었지

코스모스 까만 씨앗이 어머니의 청춘의 꿈처럼
후루루 날리는 가을
어머니의 곱디 고운 자태도
후루루 후루루

내가 원하는 세상은

고운 빛으로 반겨 주는 해당화 마음입니다
바람 부는 바닷가 언덕 위에
온화하게 피어 반갑게 맞아주는

바다의 깊은 속마음입니다
성난 물결 하얗게 부서져 내리는
파도를 안고 모든 걸 품어주는

견우 노인의 꽃마음입니다
바위 위에 핀 척촉화
"나를 아니 부끄러워 하신다면
꽃을 꺾어 바치오리다."
첫 눈에 반한 여인에게 순정을 바치는

살갑게 붙여주는 말씨입니다
아침에 들린 해장국집
밥도 찬도 없이 댕그런히 놓여진 국
"밥 좀 주세요" 했더니
"그럼요. 밥 안 줄까 봐요?"
이렇듯 퉁그러지지 않은 말씨입니다

배려해 주는 언니와 동생의 마음입니다
"너울성 파도로 울릉도항 여객선은 결항입니다."
모처럼 맘 먹은 여행 무산되었어도
한 곳이라도 더 보여주려 애쓰는
힘들까 봐 쉬게 해주려는
언니와 동생의 따뜻한 마음입니다

내가 원하는 세상은

정 구 온

바라본다는 것은

바라본다는 것은
고요한 산사에 피어 있는 배롱나무꽃처럼
그윽한 기다림이지

시간을 거스르지 않고 때가 되면 곱게 피어
멋진 어우러짐으로 하나가 되듯이
바라본다는 것은
해맑게 웃고 있는 너의 모습에서
더불어 행복을 느끼는 것이지

때로 그 행복이 너무 짧은 듯한
아쉬움에 가슴을 적시어도
바라본다는 것은
밝은 햇살 비껴가고 먹구름이 뒤덮일지라도
그 밝은 웃음이 여전히 머물기를
묵묵히 기도해 주는 것이지

바라본다는 것은
해바라기 연가처럼 오직 그대를 향한 몸짓만으로
밝은 햇살도 비바람 담은 먹구름도
견디어야 하는 쓸쓸함이기도 하지만
비바람 부는 너의 마음에 밝은 햇살되어 주고
삶의 무게로 축 처진 너의 어깨에
내 어깨를 포개어주는 것이지

바라본다는 것은

한국동요사랑협회 활동을 하면서 『밤톨 친구들』, 『아기천사』, 『산사나무 하얀 꽃』, 『샘물』등의 동요를 작사하면서 소통과 힐링의 시를 만났습니다. 작은 꽃씨가 원적산 아래 행복의 꽃을 피웠습니다. 이전에는 집이 있는 원적산 아래 사계절을 그냥 스쳐 보냈는데 요즘은 새록새록 피어오르는 시심으로 보내는 날들이 마냥 행복합니다.

서광자
1953년 이천에서 태어남. 백사면 원적산 아래 거주. 한국동요사랑협회 대표. 아동문학가. 동요작가. 이천시 서기관 역임. 제6대 이천시의원 역임. 공저 시집 『시가 흐르는 골목길』

홍시

원적산 구름이 쉬어 가는 앞마당
실가지 끝에 딱 하나 매달려
서리 바람 맞고
눈발까지 날아와
찾아오는 이 없는데
그리운 이 기척인가
뛰어나갔더니
찬 바람만 휘잉
민망해서 빨개진 내 얼굴
홍시가 알아차린 듯 더 빨개진다
홍시는 내 마음 아나 보다
별보다 맑고
꽃보다 빠알간
겨울 사랑 홍시
까치가 물고 올 소식
기다리는
붉은 홍시

산수유 열매

봄날의 첫사랑
꽃들의 소원 모아
제일 일찍 피었다가
해가 져도 지지 않는 꽃
영원한 사랑을 피어낸 꽃
노란 그리움으로 인연 맺어
겨울날엔
행복한 사랑으로
영근
새빨간 보석

서 광 자

목련꽃

환한 어머니로 피었구나
망울망울 새하얗게
내리는 눈빛
봄날의 선물
우리집 예쁜 꽃이
오던 날도 그랬다
파란 새싹 꿈을 갖고
꽃처럼 살라던 어머니
새하얀
목련꽃

나도
목련꽃이 되고 싶다

수선화

세상은 간이역이다
사람들 땅강아지 지렁이 달팽이
비바람에 흔들리며
지나가는 간이역
너는 간이역 지킴이

깊은 산 속
작은 별들의 속삭임
귀 기울이는 소녀
어둠속 눈바람 끝에 피어나
사랑을 알게 한
너는
간이역 지킴이
세상은 간이역이다

93

서 광 자

손녀

튤립이 피었습니다
햇살과 입 맞추며 피었습니다
돌담 아래
속닥속닥
빨간 햇살 하얀 햇살
삐에로 빨간 모자 쓰고
멋대로 눈부신 자태
오가는 사람 발길 잡고
꽃 웃음 짓는
튤립이 피었습니다
속닥속닥 노닐며 햇살과
입 맞추며 활짝 피었습니다

겸상

정원의 꽃들이 부른다
예쁘다 참 예쁘구나 하니
겸상으로 저녁 먹자 한다
가녀린 잎까지 살랑살랑 춤을 춘다
원적산 바람까지 불렀구나

소나무 밑에 조촐한 한상
꽤나 큰 개미 한 마리 지나길래
이 좋은 분위기 놔두고 어디 가시나
함께 하자 불러 보니
어렸을 적 아버지 상머리에
올망졸망 모여 들던
사남매처럼
떼로 몰러드는 개미들

정원의 꽃들이 웃는다
겸상으로 웃음꽃 피운다
원적산 바람마저 훈훈하구나

서 광 자

어미새는 바쁘다

새끼를 주려고 물어 나르는가
한철 시기 놓칠새라
양식 쟁여 놓으려는가
이른 아침부터 분주한 어미새

산길가에 아지랑이 너머로
작은 송이송이 하얀 웃음으로
흰찔레꽃 한 켠에는
인동초의 진한 향내 찾아
벌과 나비 맴돌이 하는데

어미새는 꽃향 취할 겨를이 없다
새끼를 주려고 물어 나르는가
한철 시기 놓칠새라
양식 쟁여 놓으려는가

쑥개떡

나는 누구에게 보약 같은 사람일까
봄이면 보약을 먹어야
일 년 내 무탈하다며
쑥개떡 만들어 주시던 할머니
할머니 눈에 어린 싹은 언제나
쫄깃쫄깃 찰진 쑥개떡으로
활짝 핀 꽃잎으로 피어납니다

나는 누구에게 보약 같은 사람일까
원적산 도랑가 숲길에
돋아난 어린 쑥을 뜯어
떡을 합니다

서 광 자

모정

다섯 병아리 네 마리로 줄었네
고양이 이놈 내가 너 주려고
좁쌀 넣어주고 과일 껍질
상추 먹여 키운 줄 아느냐
우리 손자 놀러 와서
함께 하라 키웠지

이놈, 한 번 혼내려고 찾아보니
항아리 뒤에 새끼들 갖다 줬구나
그래, 새끼 걱정하는
너도 에미구나

단풍

어머니 얼굴 닮았구나
단풍의 고운 자태
젊어서도 이쁘더니
늙어서도 고운 모습
아름답구나
어머니처럼

서 광 자

오롯이 앞만 보고 살아 온 내가 시를 쓴다니 지나가는
소도 웃는다며 조롱하던 아내의 모습이 아른합니다.
그럼에도 불구하고 시를 쓰다 보니 한결 부드러워졌다는
아내의 말에 용기를 냅니다.

노인의 삶에 한 마디 한 마디가 시가 되듯이 내 삶의 경험
을 토대로 사람 살아가는 냄새가 풍기는 시, 내가 살아온
살아갈 지역의 시로 가족과 지인들에게 더 마음을 열어놓는
시인이 되고 싶습니다.

이경근
1953년 이천에서 태어남. 이천 갈산동 거주. 이천문화원 이사. 이천설봉신문 대표 역임, 이
천신협 이사장 역임.

꽃치자 향기

진노란 드레스 곱게 입고
다소곳이 보란 듯이
잘 살겠다며
우리 집에 왔지

그때 고맙다 인사커녕
따뜻하게 잘 해주지 못해
마음 상처 깊어
슬플 만도 한데
미안하다 한 마디 못한 나에게
깊은 향기 주니 눈물 나네

101

이 경 근

차 한 잔

말 걸기도 전에 가슴은 쿵쿵
볼 빨개지며 언제쯤 말 걸어야
마음이 통할까
곁눈질로 얼굴 살피다

차 한 잔 하실까요
한 마디 인연되어
평생
여보하며 살게 되었네

꽃샘추위

숨어 있는 본심 드러내는 질투가 아름답다
그래도 봄은 오고
꽃 피고 잎이 돋는다

이 경 근

길치인 친구 덕분에 사랑을 찾았다

처갓집은 양평 양동 눈 감고 운전하며 갈 정도로 익숙해진 길이다. 그런데 나의 마님은 낮이든 밤이든 늘 똑같이 물어 본다.

여주 능서쯤에서 처가 갈 땐

"여주 시내야?"

집에 돌아 올 땐

"이천 다 온 거야?"

작은 사위가 이천 시외버스 터미널 옆 병원에 입원했을 때다. 마님 혼자 병문안을 간다며 나갔는데 돌아올 시간이 되었어도 오지 않아 전화를 했다.

"왜 안 오시는가?"

"응. 병원 후문 통해 나왔는데 집에 가는 길을 찾지 못해 헤매다 다시 후문으로 들어가고 있어."

정문으로 가야만 길을 찾을 수 있다며 전화를 끊는다.

딸아이 학교와 시장 가깝다며 창전동에 25년간 살다 갈산동으로 이사하고 새 집 찾아오는 기점 분수대 로타리를 찾지 못해서 집 오는 길을 헤맨다는 아내의 말을 이해하지 못했다.

아내가 자존심으로 말하지 않아 길치인 줄 정말 몰랐다.

아주 가까운 친구가 운전하는 차를 타고부터 길눈 어두운 길치인 사람이 있다는 사실을 처음 알게 되었다. 신둔면서 호법면 쓰레기 소각장을 가는데 3번국도 타고 이천사거리에서 우회전하였다.

"왜 서이천 IC 쪽으로 가면 가까운데…"

나는 이해가 안 돼 말했더니 친구는 가던 길로만 가야 길을 찾을 수 있다며 경험을 이야기한다.

결혼 40년 동안 처가댁 가는 길을 매번 물어 아내에게 구박받은 일, 서울아산병원 가다 중부고속도로 서울 만남의 광장에서 서이천 IC로 되돌아 왔던 일, 동해고속도로 역주행 사건 등이 줄줄이 나온다.

　친구 아내는 처갓집도 제대로 못 찾는다고 처가를 무시한다며 가슴에 응어리를 품고 있다가 동해고속도로 역주행하는 차를 함께 탄 후 정말 길눈이 어두운 길치가 내 남편이라는 것을 알고 응어리를 풀었다 한다.

　"아, 그래 자네랑 똑같은 사람이 있어. 바로 나의 마님이 그렇다."
　친구 부부의 말을 듣다가 부부 인연 38년 만에 아내가 길치란 사실을 알았다.

　길치 쌍둥이인 친구 덕분에 우리 부부의 사랑을 찾았다.
　"그동안 길치인 줄 몰라 윽박지른 내가 참 바보였고 미안하오. 앞으론 묻고 이해하며 살아야지."

이 경 근

길치인 친구 덕분에 사랑을 찾았다2

작은딸 초등학교 2학년 때다 중포동에서 얼마 떨어지지 않은 창전동으로 이사했을 때였다 작은딸 호떡이 먹고 싶다며 이사 오던 날 혼자 집을 나갔다 한 시간 넘어도 집에 오지 않길래 짐 정리 멈추고 호떡집을 찾았다 딸이 다녀간 지 오래라 해서 무척 당황스럽고 답답했다

마침 경찰차가 요란한 경광등을 돌리고 오더니 내 앞에서 멈추었다 경찰차 뒷문에서 작은딸이 웃으며 내렸다 깜짝 놀랐지만 반가워서 눈물이 날 지경이었다
"이 애가 딸 맞습니까? 서울에서 이사 오셨나요?"
순경의 물음에 예도 아니고 아니요도 아닌 답을 하고 얼른 딸을 부둥켜안았다
"어떻게 경찰차를 타고 왔니?"
집에 오는 길에 딸에게 물었더니 이사한 집을 몰라 파출소로 가서 순경 아저씨에게 오늘 서울에서 창전동 고려 아파트로 이사 왔는데 길을 잃어버렸다고 했다 한다

얼마 전에 길치 친구 덕분에 길치 엄마와 딸을 이해하기 시작하니 엄마와 딸에게 부족한 것보다 넘치는 것이 보인다 그 순간에 어린 그것이 어떻게 체면도 살리고 집도 찾는 지혜를 떠올렸는지….
사위에게 들려줬더니 사위도 그때서야 길치를 이해하고 더 배려하게 되었다고 한다

길치인 친구 덕분에 사랑을 찾았다3

　길치인 친구 덕분에 찾은 사랑 이야기를 써놓고 보니 되짚어 보이는 것들이 많더라 아내는 여행을 싫어했는데 부부동반 여행조차 한 번도 하지 않아 섭섭했는데 이제야 보이더라

　길치인 아내는 여행 중에 길을 잃어 웃음거리 될까 봐 공포와 두려움 때문에 남편에 대한 배려로 여행 자체를 싫어한 것이더라 여행 온 일행과 떨어질까 봐 화장실이라도 갔다가 버스로 돌아오지 못할까 봐

　남편을 위해 억지로라도 따라나선 여행길이라면 물 종류를 먹지 않았다 아내는 화장실 자주 안 가려고 버스 자리에서도 일어나지 않았다 버스를 잃어버릴까 봐

　요즘 나는 길치 마님 도우미다
　길치인 친구 덕분에 사랑을 찾은 후로
　안전하고 편안한 노후를 위하여

　여행 시작은 먹는 것 무엇이든 입맛대로 다 잘 드시오 화장실은 함께 가 정문 앞 잘 보이는 곳에서 기다려 버스로 모셔올 테니
　여행의 백미는 구경이니 어디든 가고 싶은 곳 어디든 다니시오 내 눈에서 멀어지면 언제든지 찾아 눈도장 찍어 웃음으로 모셔올 테니

　이제는 여행도 다니니 좋고 함께 할 얘기도 많아 좋고
　좋고 좋고 길치인 친구 덕분에 찾은 사랑이 더욱 좋고

　　　　　　　　이 경 근

차 한 잔 사 주세요, 그 언니가 나면 안 돼요?

초등학교 친구 부부는 경찰 공무원, 친구는 정년퇴직하고 부인은 현직이다. 경찰 기질이 있을 법도 한데 전혀 그런 감 없이 순박하다. 그동안 경찰이라는 직업상 참석을 못했는데 퇴직 후 동창회 번개모임에 함께 하였다. 단출한 번개모임 덕분에 67년간 친구가 살아온 삶과 인생 2막 이야기를 들었다. 그의 인생은 한편의 드라마다.

초임 때 근무 중 고속도로에서 뺑소니 차량에 치어 병원에 입원을 했다. 진단은 완치 불가능, 의사는 다리를 절단하라며 허벅지와 허리, 팔뚝에 뼈를 맞추기 위한 철심을 20여 곳 이상 박아 놓았다.

병상 28개월, 병원생활이 힘겹고 지겨워 자신의 의지로 극복하겠다며 퇴원을 요청해 병원을 나왔다. 물리치료 받고 2년 이상 걷지 못한 다리를 주무르며 걸음마 시작, 제자리걸음, TV를 볼 때도 항상 제자리 걸음, 매일 반신욕 및 스트레칭, 심지어 신호대기 중 악력기로 팔 근육 운동 등 생활운동을 통해 극복하고 경찰직에 복직했다.

신체검사를 받으면 오른쪽 다리가 4.5센티 짧고, 허리는 S자로 휘었고, 뼈 곳곳에 철심이 보인다.

"생활하며 불편한 곳이 어디인가요? 어디가 아픈가요?"

"네, 신체에 전혀 이상 없고, 생활에 불편이 없어요. 걷기 모습만 그렇게 보일 뿐…"

의사는 머리 갸우뚱,

"사고로 몸이 엉망진창인데 생활에 불편이 없다고요? 불가사의한 분이군요."

친구는 복직하여 교통관련 업무, 여경은 정보관련 업무로 서로 볼 수 없었지만, 부천경찰서 함께 2년간 근무하면서 얼굴을 익혔다.

그 여경이 어느 날,

"이번 일요일 차 한 잔 사주세요. 옆집 사는 예쁜 언니 소개해 드릴게요."

당일 약속 시간이 넘어도 옆집 언니는 오지 않았다. 예쁜 언니 왜 안 오는지 다그치자 여경 대답이 걸작이었다.

"그 옆집 예쁜 언니가 나면 안 돼요?"

나이 차이는 9살, 장모님의 반대가 이만저만 힘들지 않았다.

"차 한 잔 사 주세요. 그 언니가 나면 안 돼요?"

그 한 마디가 인연 되어 아들, 딸 함께 잘 살고 있는 삶에 모습이 보기 좋았다. 아이들 초등학생 때부터 자연학습체험한다며, 근무가 없는 날, 부부는 항상 함께 전국방방곡곡으로 여행을 다녔고, 지금도 다 큰 아들 딸 함께 여행을 다닌다.

아직도 뺑소니 운전자는 잡지 못 했고 상처는 남아 있지만 주말은 가족과 함께, 평일엔 친구들을 행복하게 해주는 자랑스런 친구다.

이 경 근

좋은 친구들 곁에 두니

점봉산은 유네스코 지정 생물권 보전지역으로 전체가 입산 금지 지역이지만 생태탐방 구간을 지정하여 하루 450명 예약한 사람만 입장하고 오후 2시 전에 하산해야 한다. 거리는 강선계곡부터 곰 배령까지 왕복 약 10킬로미터 걸어서 네다섯 시간 소요된다.

점봉산 곰배령길 트레킹 출발은 수요일인데 토요일까지 전국에 비가 내린다는 일기예보다. 노심초사 비 걱정은 그쳤지만 출발 당일 뜻하지 않는 일이 발생했다.

이천에서 함께 떠나기로 한 수원 친구 어디 왔는지 소식이 없다. 전화를 했더니 천하태평인 친구

"굿모닝, 아침 일찍 웬일인가?"

"점봉산 곰배령 트레킹 가는 날인데…."

"목요일, 내일 가는 날이잖아, 오늘은 수요일."

청천벽력이 따로 없다. 낭패다, 낭패!

인원과 시간의 제한으로 출발할 수밖에 없다. 수원 친구는 버스를 타고 원통에서 택시로 오겠다는 연락을 해왔다.

"도둑을 맞으려면 개도 안 짖는다더니…."

단체 카톡 방에 디데이 카운터를 해오다, 마지막 전날 카운터가 없어 일이 벌어졌다며, 홍천휴게소에서 만난 서울 친구들과 한바탕 웃고, 수원 친구 만날 방안을 검색하였다. 홍천에서 만나면 곰 배령 입장 마감 시간 11시 전 도착이다. 오던 길 되돌아 홍천 버스 정류장에서 꿈 같은 만남 이루어 계획대로 트레킹을 하고 하산하자 비가 많이 내렸다.

언제나 함께 하려는 친구들의 간절함이, 뜻이 간절하면 하늘도 움직인다고, 빛나는 추억을 쌓은 하늘마저 감사한 하루였다.

담석통증이 산통 같다고?

쓸개 빠진 놈이란
줏대가 없고 실없이 웃으며 사람 노릇을 못 한다는 뜻이다
웬걸 쓸개가 빠지고 보니 엄마가 생각 나더라

점심 거른 날 빵 우유 먹고 칼로 에이듯 바늘로 찌르듯 배가 아파
자벌레 기듯 몸은 아래 위로 흔들며 움켜잡고 찾은 응급실
큰 병원 가라는 진단 마친 때는 퇴근 무렵
꽉 막힌 퇴근 차량 비켜 달라는 앵앵 소리가 더 크고 길게 울어 댄다
앰블런스에 누워 하얗게 질린 아내의 얼굴을 보며 생각에 잠긴다
함께 살아온 아내와 두 딸 형제들 친구 직장동료 이웃사촌 등등

교수인 동생의 친구가 소화기내과 의사로 있는 큰 병원 도착
진찰 결과 쓸개에 작은 돌 20여개 통증은 몰핀 한 방에 사라졌단다
담도암 췌장암 발병률이 낮아진다며 담석 제거 수술을 권유하더라

쓸개 빠진 놈 되어 보니 육류 지방 분해가 늦어져 한동안 불편하더라
일이년 지나며 더부룩함 없어지고 고기 먹어도 아무런 문제가 없단다
담석통증으로 장거리 비행기에서 일어날 이유가 없어 편안해 졌고
담도암 췌장암에서 해방되니 건강도 좋아졌다

살 만해 지고 보니 의사의 한 마디 귀에 윙윙거린다
담석의 통증은 산통 같다니
우리 엄마가 나를 이렇게 낳았다고?

이 경 근

폭염은 공평하지 않다

폭염은 공평하지 않다
뉴스도 공평하지 않다

열대야를 이기는 방법은 에어컨 사용이지만
그 열기 때문에 열대야는 더욱 가중된다
열대야에 고생하는 사람들은
에어컨 사용이 불가능한
달동네 쪽방 사람들이며
폭염에 노출되는 사람은
건설 노동자 배달 노동자들이다

열대야를 걱정하는 뉴스는
고층 아파트 정전이 발생해야 메인이 된다
달동네 쪽방의 소식과
노동자 고충 뉴스는 묻혀가기 일쑤다

폭염은 공평하지 않다
뉴스는 공평하지 않다

시를 대하는 마음은 나를 찾아준 설렘이다. 익숙함에서 벗어나 일상을 읽어 보며 가족을 맘으로 안아보는 마음이다. 자연을 바라보는 눈도, 지나온 발걸음도, 기억도 새로운 마음으로 시를 쓰고 있다.

신동희
1950년 단양에서 태어남. 이천 갈산동 거주. 공저 시집 『시가 흐르는 골목길』

부모 생각

　나의 기억으로 7살 때 그 시절은 아이라면 누구나 치마저고리 입던 때였는데 청주 출장 갔다 오시면서 막내인 나에게 색동 티셔츠를 사다 주셨던 아버지 그 옷 입고 아버지 손잡고 신혼인 둘째 언니집 갔다가 너무 좋아서 밤늦도록 과자 먹고 놀다가 그 날 밤 지도를 그렸던 기억이 납니다

　나의 아버지는 일찍 하늘나라 가셨습니다
　초등학교 5학년 가을에
　어머니는 나를 끌어 안고 많이 우셨습니다

　그 후 나는 엄마 옆에 항상 같이 있었고 엄마가 시키는 일은 군말 없이 했고 빨래 밥 물 깃기 군불 때기 척척 알아서 하니 엄마는 내 딸이 내 손이다 하며 항상 칭찬하여 주셨습니다

목화씨

이웃집 아주머니가 주셨지
검은 씨 여섯 개

아파트 화단 일궈 손녀들과 씨앗을 뿌렸지
날마다 물 주며 자라는 모습을 즐기는
어느 날

할머니 목화가 죽었어요
아니 아니 여기 좀 봐
자세히 보니 하얀 꽃이 피었더라

이웃 아주머니는 60년 만에 만난
꽃이라며 반가워 하셨지

옛날에는 딸 있는 집 목화를 거둬서
결혼할 때 솜이불을 해줬단다
너희들도 할머니가 해줄까
호호 깔깔

내년을 위해
목화 씨 몇 개를 받아놓았다

신 동 희

어머니의 큰사랑

목련나무에 하얀 꽃이 피었습니다
옆 나무에 자색꽃도 피었습니다
노랑 개나리꽃
진달래 분홍 꽃도 피었습니다
초록잎 몽울 봉울
이 꽃 저 꽃 어울러
좋아 좋아
어머니
활짝 웃습니다

고부 사이
- 지하철에서2

배부른 딸 같은 새댁
친구랑 재미있는 이야기를 나눈다

"나는 시어머니에게 어머니 소리가 안 나온다."
그러면서 내가 시어머니 같았나 힐끗 바라본다 나도 어떨결에 힐끗 웃음 인사할 수밖에 없었고 무안해서 얼른 "한번 해봐요, 한번만 해보면 잘 될 거예요." 했더니 "그 한 번이 힘드데요.", "한 번 더 해보세요. 그럼 좋은 일 생겨요.", "그래요? 우리 어머니는 딸 같은 며느리를 바라는 것 같아요. 그런데 딸 같은 며느리는 없잖아요?", "그렇죠? 그러니 그냥 신이 맺어진 부모라고 생각해야죠."

117

때마침 도착지 알리는 소리
암 없지 없고 말고
딸 같은 며느리 없고 말고
지하철에 남겨둔 혼잣말
아직까지 웡웡

당신과 함께입니다

비가 올 때 우산을 씌어 주셨고
바람 불 때 옷깃으로 감싸 막아주셨고
웃을 때도 언제나 함께였습니다

어느 날 힘이 떨어져서 병실에 누워 우리 동이 불쌍해서 어떠
하나 그 문으로 들어가실 때까지 걱정하던 당신은 함께였습니다
부족한 저를 감싸주신 끔찍이도 더 챙겨주셨던 당신과의 아름
다운 추억 나의 몸에 균열이 일어나 마음이 무너졌던 암흑에서
나올 수 있었던 것은 당신의 열매들이 있었기 때문입니다
이제는 남은 사랑의 조각들을 다듬어 가며 남은 퍼즐을 맞추
며 살아갑니다

지금도 함께입니다
당신의 열매들이 있어 행복합니다
오늘도 그런 삶을 이어가고 있습니다

김밥집 아줌마

따뜻한 밥 기름 소금 살짝 뿌려
김을 깔고 밥알 퍼서
들깻잎 단무지 당근 햄을 넣고
잽싸게 돌돌 마는 모습 신기하다

올 여름 무척 더우셨지요?

예, 좀 더웠지만
그냥 기다리니 시원해 졌네요
우리나라 사람들은 너무 급해
조금만 기다리면 되는데
김밥도 싸놓은 것 없으면
그냥 가 버려요
하지만 우리는 식은 김밥 팔 수 없어
즉석에서 싸드리지요
일 분이면 싸서 줄 텐데
그렇게 급해요

하며 웃는데
정말 일 분 안에
김밥 하나 뚝딱
역시 맛집은 뭔가 다르다
예사롭지 않은 손놀림
기다리길 참 잘 했다

신 동 희

질긴 목숨 이야기

나는 6.25전쟁 피난 때 단양 산골 무심촌에서 불만 켜도 몰아치는 폭격 때문에 불도 켜지 못한 채 모기 빈대 가득한 아버지 먼 친척 방 한 칸에서 큰오빠가 아궁이를 막아 가면 불을 피워 겨우겨우 태어났다고 합니다

태어난 지 얼마 되지 않아 가족은 경북 안동으로 겨울 피난을 가야 했다고 합니다 그때 아버지는 공무원이었기에 연결이 되지 않아 어머니는 일하시는 아저씨와 마차에 쌀과 먹을거리를 싣고 작은오빠와 나를 데리고 죽령재에 넘어가다 시체들이 발에 걸리고 폭격하는 비행기에 놀라 움직이기 힘 들어 아들이라도 살리려고 어머니는 나를 포대기에 폭 싸서 마차 밑에 놓고 울면서 넘어갔다고 합니다

하루 지나 외가친척 아저씨를 만났는데 아들만 데리고 가는 엄마를 보고 물었다고 합니다

"아가 어찌하셨나요?"

"죽령고개 마차밑에 놓고 왔습니다."

어머니 말 듣고 아저씨는 메고 있는 쌀자루를 확 버리며

"아주머니 아들 살리려고 아가를 버렸나요? 아가 버린 곳이 어디세요?"

"죽령재 마차밑에 고깔 모자 씌워 놓았어요."

아저씨 혼자 죽음을 무릅쓰고 달려가 보니 아가는 3일째 새파란 입술로 쌔근쌔근

아저씨는 아가를 안고 있는 힘 다해 안동으로 가서 가족을 만났고 나는 그렇게 질긴 목숨을 살았다고 합니다

지퍼가 걸린다

　오래 입은 잠바 지퍼가 넘어가지 않는다 그래서 수선집 전문
가 뚝딱뚝딱 금방 부드럽게 넘어간다
　시공부도 지퍼같이 걸린다 이 구절 저 구절 함께 하는 이들을
만나고 나면 부드러워진다 그래서 재미가 있다

　오늘 내가 만난 걸림돌
　전문가가 누굴까
　그 분 찾아서 풀어보면 어떨까

　오늘도 우리 인생 여정 힘들 때
　지퍼가 걸린다

신 동 희

요리하는 손에 잡히면

들판에는
양파 당파 쪽파 대파 실파가 있다
주방에서
요리하는 손에 잡히면 하나가 된다

일상

세월을 선으로 그려보니 길이 되네

오늘 하루 사랑으로
나의 무릎 꿇어
기도하는 일

가스렌지 켰다 껐다
그릇도 쌓았다 펼쳤다
몇 번인가
셀 수 없는 반복적인 일상들
빨래 빨아 접었다 폈다
다리 구부렸다 폈다
얼마나 많은 일을 하는가

세월을 선으로 그려보니 길이 되네

신 동 희

시를 쓰면서, 함께 어울리면서, 열매도 주렁주렁
옥녀봉 추억도 새록새록.
뒷마당 감나무에 올망졸망 감이 여물 듯 내 인생도 여물고 있어서
행복합니다.

남향숙
1957년 선산에서 태어남. 이천 창전동 거주. 이천문인협회 이사. 서정문학 등단. 2018 이
마트후레쉬센터 가을백일장 우수상. 공저 시집 『초록 이야기』

돌

모난 돌 하나
비바람에 시달리고
파도를 세차게 맞으면서
가끔은 물보라에
쓰담쓰담
매끄럽고 반질반질
다듬어 지고

우리도 세상 풍파
관계 속에 부딪히면서
디딤돌이 되어 간다

남 향 숙

봄나물

바람이 내 마음에 풍선을 넣어
들판을 누비는 것도
상쾌하다

친구들과 대소쿠리를 메고
산으로 들로 뛰어 다니며
냉이 버금자리 달래를 캐면
할머니가 다듬어 주시고
밥상에는 맛이 땡기는
봄기운이 오른다

봄은
모든 것을 내어 주는
어머니 같다

장날 송아지

　옥녀봉 아래 우리집 소는 머슴이자 매력있는 꽃이었지

　농사철에 큰 일꾼 소는 달구지에 짐도 나르고 논갈이 밭갈이
맡아 잘해 주고 매년 송아지 선물도 해 주었지

　이쁜 송아지는 우리와 함께 천방지축으로 뛰어 놀면서 쑥쑥
자랐지

　장날에 아버지는 엄마소와 같이 송아지를 몰고 삼십리 길을
걸어서 읍네 장터로 가서 송아지를 팔아 자식들 등록금을 마련
하셨지

　사람들은 우직한 소가 주인 닮아 순하고 인물이 좋다며 쓰담
쓰담 해 주었지

　가족들은 안타깝게 몇 날 며칠 울어대는 어미소 더욱 미안해
서 여물에다 콩도 듬뿍 넣어주면서 쓰담쓰담

　옥녀봉은 말없이 우리집을 내려다보며 토닥토닥

남 향 숙

담쟁이와 장미

축대 벼랑이 보기 흉해서
기를 쓰고 올라가서
푸르게 푸르게
수놓았구나

푸른 것만으로 부족해서
장미는 위에서
붉은 열정으로
송이송이
고운 자태를
보태는구나

옥수수

겹겹으로 엮고 엮어주는
해님 달님 그리움으로
오밀조밀 영근 식구의 사랑

옥수수는 쉽게 속내를 내보이지 않은 조선시대 여인이다 하지만 초가집 한 여름 모닥불 피어놓고 별빛이 쏟아지는 마당에 멍석 깔고 대가족이 둘러 앉아 있으면 저절로 속내를 드러낸다 가족의 사랑으로

도도란 달빛으로 퍼져나가는
너나들이 가족의 속사랑
지금도 자주 갖고 싶은 자리

남 향 숙

보리밥

쌀밥 귀한 시대에 태어나
옥녀봉에서 보리농사를 지어서
주로 보리밥을 먹고 자랐다

　어머니는 새벽에 일어나 대가족의 아침으로 가마솥에 보리쌀
을 삶아서 쌀 한 줌을 가운데 넣고 밥을 지어서 아침은 더운 밥
점심은 찬 밥으로 어릴 때 흔하게 먹는 보리밥 밖에서 놀다가
저녁 때쯤이면 남은 밥을 된장 넣어 호박잎에 쌓은 주먹밥 그
맛은 잊을 수 없는 꿀맛이다 아날로그 시대를 파도처럼 살아온
인생 디지털 시대는 귀해서 외식으로 찾아 먹는 보리밥

보리밥 고개 고개길
어머니 숨결이 아련하게
가슴으로 저미어 오는 보리밥

내 고향 옥녀봉

옥녀봉은 마음 깊은 곳에
자리하고 있지만
가까이 하기에는 아스라하다

더 많은 삶을 살아온 타지에서는 반달 모양 송편을 빚지만 옥
녀봉 송편은 보름달처럼 빚었지 둥글둥글 모나지 않게 살라는
뜻이었지

둥글게 살자 둥글게
옥녀봉 가슴에 품고
덩실덩실 강강술래

남향숙

좋을 때다

갓 결혼한 사위 딸 유혹으로
강천섬 풍경을 담으러 갔다

노랗게 물들인 절정의 은행나무길 연인들 낭만을 즐기며 추억
을 만들고 인증 샷을 날리는데 드론을 날리자 노란 물결 아래
은행잎 닮은 유치원생들 신나게 폴짝폴짝 번쩍번쩍 가을을 수놓
고 고운 햇살 아래 부채 잎새들도 동심으로 돌아가고

사위와 딸도 동심인양 팔짝팔짝
내 가슴에 시심을 담아주네

나이

나이테가 쌓인 만큼
경험도 곳간에 쌓인 곡식처럼
적소에 꺼내 쓰겠다

틈틈이 어울려 쓴 시편의
열매도 차곡차곡 쌓아가니
때가 되면 세상으로
보내겠다

항상 종자를 얻기 위해
평생 연마의
길을 걸어가겠다

남 향 숙

개나리길

청력이 희미해서 육십여 년
어두운 골목길 헤매면서
묵묵히 일만 하고는
상처투성이로 돌고 돌아서

늘그막에 햇살 좋은
개나리길로 접어 들어가
봄을 맞이하는
신작로를 걷게 되었지

내 인생 햇살 내리고
웃음꽃도 개나리처럼
옆으로 옆으로
낮게 낮게 울리네

작은 응어리 큰 응어리
가슴에 안고 풀었지
멍든 가슴 파란 잉크 한 병 가득 풀었지
작은 응어리 큰 응어리
하얀 종이 되고
파란 잉크 볼펜에 담아
한 자 한 자 써내려 갈 때면
어느새 멍자욱 희석되고
마음에 꽃밭 일구어 큰 꽃 작은 꽃
심어 놓게 되었네
아직은 봉오리 언젠가는 활짝 피어나리

위영자
1959년 양평에서 태어남. 이천 갈산동 거주.

다락방

우리집 다락방은 보물창고다
우리집 다락방은 요술창고다

엿이며 과일이며 뻥튀기며
먹을 것이 가득하다
엄마 몰래 조금씩 꺼내먹는 것도
별미 중에 별미였던 시절
엄마한테 들키면 야단 맞는다
손님 오시면 대접해야 한다며

다락방이 요술방인지
엄마가 요술장인지
언제나 먹을거리 가득
다락에 또
오르락내리락

우리집 다락방은 보물창고다
우리집 다락방은 요술창고다

목련꽃

아직은 추운지 바들바들 떨고 있다.
솜털옷을 입은 아기 목련이

흰색 보라색 드레스 입는 봄을 찾아 왔는데
너무 빨리 왔나
눈보라가 친다
잔뜩 겁먹은 얼굴이다
아기 목련은

겁에 질려 있을 때 눈보라는 그치고
햇님이 살포시 찾아와 위로해 준다
겁먹지 말라고
시샘하는 거라며

해맑은 미소로 갠 하늘을 본다
아기 목련은
고마워요
곱고 예쁜 모습으로 보답할게요
속삭이듯 솜털을 살며시 흔들어 보인다

위 영 자

봄 읽는 소녀

봄길 걷고 있는데
빙그레 웃으시던 동네 아저씨

"마치 봄을 읽으며
 걷는 것 같아요!"

어머나,
그냥 흘러 버리기엔 아까워
봄 읽는 소녀가 되었네

아가

누가 벚꽃 나무에 환한 웃음 펼쳐 놓았을까
갓 미소 머금고 있는 뭉울조차 귀엽다
벚꽃과 벗이 되라고
환한 웃음 펼쳐 놓았나
벗과 함께 방글방글
봄 사랑 나누라고
벚꽃 사랑 펼쳐 놓았나

위 영 자

민들레

예전엔 몰랐다
네가 꽃이란 걸
그저 하나의 잡초로만 여기고
밟기도 했고
뽑아 버리기도 했다
너에게 눈길 한 번 준 적 없었다

언제부터인가 네가 꽃으로 보이기 시작했다
척박한 땅에서 예쁜 노란 옷을 입은
너의 모습에 길을 걷다 멈추고 가만히 앉아
너를 보며 감동에 젖기도 한다

예전에는 왜 네가 꽃으로 보이지 않았을까
너에 대해 얼마 전 새로운 정보도 알게 되었다
키가 크면 외래종 키 작으면 토종이란 걸
외래종이면 어떻고 토종이면 어떠랴
다 예쁘고 사랑스러운 것을
함께 어울리니 더 예쁜 것을

마음

다툴 때는 가시밭
화해하니 꽃밭이더라

찡그리면 그믐밤
웃으니 보름달

위 영 자

아비새

동이 트기 전 아비새는 집을 나선다
아가새들은 새근새근 자고 있다
아비새는 비가 오고 창수가 나도
오직 아가새들을 위해 먹잇감을 찾아 길을 나선다

오늘은 어디서 먹잇감을 구할까
어떤 맛난 먹이를 잡아다 줄까
아비새는 온통 아가새들 생각뿐이다

먹잇감을 구해 기쁜 마음으로 집으로 향한다
아가새들이 잠에서 깨어나 아비새의 입을 보고
서로 먼저 먹으려고 입을 벌리고 찍찍 거린다
가장 어린 아가새는 입맛도 다셔보지 못하고
먹이 떨어진 아비새 입만 바라본다

아비새는 다시 먹잇감을 구하려 집을 나선다
어린 아가새도 배부르게 먹이고 싶은 마음으로

차 한잔

처음 그대를 만나 차 한잔 시켜 놓고
수줍어 얼굴도 제대로 들지 못한 맞선 자리에서
차 한 모금도 마시지 못하고
자리를 떴던 그때가 생각납니다

첫눈이 오면 늘 차 한잔 하자고 약속했는데
그 약속 잊은 지 오래 되었나
벌써 몇 십 번의 첫눈이 내렸지만
차 한잔 마시러 나가자는 한마디 없네요

이 나이 먹고 사랑 타령이나 하는 철부지도 아닌데
늘 시간이 없다며
차 한잔이면 점심 한끼 값이란다

언제부터 차 한잔의 값을 따졌나요
치사하다 치사해
안 먹고 말지
그렇게 따지면 평생 당신과 차 한잔 못 마시겠다
첫눈이 골백번 내린들 나와 무슨 상관 있을까요

가볍고 쉽게 마실 수 있는 차 한잔은
우리 부부에게 얼마나 멀게만 느껴지는지
그래도 성실하니 성실한 걸로 용서하고 사는 거지
그것도 아니었으면 국물도 없어요

위 영 자

가을 타는 남자에게

외로움은 채울 방법이 없는 걸까
늦가을이 들어서면서부터
텅 비어가는 들판을 보면
남자의 마음도 비어 간단다
그래서 가을이 싫다는 남자

추워서 결혼하고
외로워서 결혼하고
외로워서 자식을 낳고
그래도 외로움은 채울 방법이 없는 걸까

풍성하게 안고 있던 곡식들을 떠나 보내고
입고 있던 잎새들도 하나둘 떨어져 나가니
가을은 들판도 산들도 외로울 게다

당신만 외로운 게 아니라고
따뜻한 차 한잔으로 외로움을 데워줄까나

단풍

푸르름만 청춘이더냐
그대와 나도 아직은 청춘이라고
붉게 물들일 열정이 있지 않은가

서서히 물들게 하자
서두르지 말자
재촉하지 말자

아직은 세상을 물들일 열정이 있다
황홀함으로 물들일 뜨거움이 있다

145

위 영 자

나어릴 때 가끔 우리 집에 놀러 오시던 엄마 친구분이
어느 날,
"숙이네야 동네 사람 30명만 불러다오. 내 속상한 마음 말이나
좀 하고 죽을란다."
그때는 그 말이, 그 마음이, 무슨 뜻인지 알지 못했어요.
살다 보니 누구에게나 크고 작은 이런저런 가슴 답답함이 있는
것 같아요.
우리 외치듯 하고 싶은 말들 시로 꽃길 그려 보자구요.

안지은
1954년 대구에서 태어남. 이천 갈산동 거주. 공저 『시화로 만나는 청춘』

쑥개떡

그때 정말 맛있었을까
그때는 그것이 최선이고 잘한 일이라고 생각했는데
지나고 보니 얼굴 화끈거리고
손가락 오글거리는 부끄러운 일들이 가끔 있다

몇 해 전 막내며느리가 손주를 낳고 몸조리할 때 쑥개떡을 들고 갔다 쑥이 이롭다 하길래 일부러 청정지역만 골라 정성 다 해 캔 쑥이라 괜히 뿌듯함으로 예전에 맛있게 먹어본 기억만 붙잡고 처음으로 쑥개떡을 빚었다 처음 만든 쑥개떡이 무슨 맛이 대단했을라고 착한 며느리 맛있어 하면서 먹어주던 그 모습이 고마움으로 잊히지 않는다

그때 정말 맛있었을까
언제 한번 다시 정성 들여
쑥개떡 잘 빚어 부끄러움을 만회해야지

안 지 은

취업

은혜도 고난도 총량제라고 들었건만
어떤 이는 자랑하느라
어떤 이는 갈구하느라 허덕이네

신이시여
나를 위해 예비하신 은혜는
어디에 숨겨 놓으셨는지
이리 저리

신이시여
성실히 임한 끝에
두 아들
숨겨 놓은
보물 하나씩 찾았습니다

이제부터는 넘치지도
빠지지도 않게 하소서

감자

얼마나 컸을까
친구는 몇을 만들었을까

사랑으로 덮어놓고 궁금한 마음으로 날들을 새었네
장마가 시작되기 전에 드디어
너의 모습 마주 하네

손주 속살같이 희고도 토실하여
자꾸만 만져보고 싶은 자태
어두움 속에서도
아름아름 많은 친구
잘 커줘서 고마워

149

안 지 은

별사탕

보고 있으면 두 눈에서 별이라도
쏟아질 것 같은 초롱초롱
보기만 해도 입에서 달달한
침이 나와 입맛 다시게 하는
별사탕 같은 손녀들

혹시 나도 고슴도치 아닐까
아이들을 멀리 놓아보고
눈을 감고 떠올려본다
어떻게 해도 별사탕이 틀림없다

말랑거리는 손녀의 손이
할머니 주머니에서 꼼지락거리며
깡깡 뛰면서 학교로 가는
할머니의 별사탕

지팡이

무심히 걷다가 생각지 않은
돌부리에 상처 받고 황당한 마음
시가 이렇게 큰 위안이 될 줄은
예전에 몰랐네

밤이고 낮이고 줄줄이 털어놓는
넋두리 불평 없이 들어주니
시가
어우렁더우렁 피어 있는
사랑방에서
다시 일어설 힘을 얻는다

안 지 은

평안

오는 것도 가는 것도
네 뜻 아님을 알면서
기다리는 맘
어쩔 수 없었어

너만 오면 맘껏 행복하자
하는 순간
오고 감은 너에게
있는 게 아니라
내게 있다는 것을 알았네

가을 하늘

어떤 거인의 손을 빌려 목화씨 뿌렸나 봐
김매는 봄 지나 더위에 젖은 여름 있었기에
보란 듯이 가을 하늘 아름답게 펼쳐놓았네

사랑의 마음 감추지 못하듯
이 가을 농익은 목화 봉오리 절로 터지고
실바람 타고 이리 뭉치고
다시 보면 저리 뭉치고

어디로 뭉치면 어떠리
보는 이가 임자이고
품는 이가 행복한 것을

153

안 지 은

흙과 함께

얼마나 더 경험해야
흙의 마음 읽을 수 있을까?
생각대로 바라는 대로
흙은 마음을 열지 않네

퇴직한 남편의 소일거리로 시작한 주말 농장
정작 남편은 취미 없어 하고
몇 년째 갖가지 조금씩 가꿔는 보는데
어느 때는 생각지도 않게 풍성하게 하고
어느 때는 아쉬움을 맛보게 하네

해와 비는 신의 것이지만
흙은 농부의 것이라는데
얼마나 더 경험해야
흙의 마음 읽을 수 있을까?

어느 새

지난 주일에 얼굴 보고
며칠 만에 만난 친구의 얼굴이 핼쓱하다
어디 아프냐고 걱정스럽게 물어 보는데
내 친구 대답 너무 웃긴다

평소 끼고 있던 안경
어디에 벗어 두었는지 찾지 못해
도수 들어있는 선그라스를 끼고
TV를 보고 신문읽기를 이틀째
어지럽고 배가 아프더니
살이 빠졌다고 하는데
왜 그렇게 우스운지
너무 웃어 미안하기까지 한데
마음 한 켠은 슬펐다

아직은 청춘이라 생각하고
할머니라는 호칭이 그닥 반갑지 않았는데
어느 새 우리가 이렇게 되었을까

안 지 은

가을에

이보다 더 큰 감사의 무리가 또 있을까?
누렇게 익은 들판이 일제히
고개 숙여 고맙다고 인사하네
그동안 적당히 해를 주시고
비를 주시어 잘 자라고 익을 수 있었다고

이 알곡이 껍질을 벗고 나와
식탁 위에 오를 때는
일용할 양식 주심을 감사하는
기도를 우리가 하네

봄볕에 며느리 내어 보내고
가을볕에 딸 내어 보낸다고 했는데
내어 보낼 부모님은 계시지 않고
이 풍성한 가을볕에서
산천이 감사하고
우리가 감사하네

나는 시를 쓰고 딸은 동요작곡을 하고
생각만으로도 기쁘고 행복합니다.
일상의 모든 일들이 다 시가 되고
노래가 되는 날들이 얼마나 즐겁고 행복한지….

김신덕
1962년 하남에서 태어남. 이천 원두리 거주. 피아노 조율사인 남편과
함께 『소울뮤직』 악기점 운영.

서울 이모

추석이 되면 온 동네 시끌시끌
옆집 수미네 서울 사는 이모가
예쁜 옷 신발 가방 사줬다는 자랑은
늘 우리를 초라하게 만들었지

하나뿐인 동생은 그때부터 노래했지
나는 무조건 서울로
시집 가서 서울 이모가 되는 게 꿈이야

그렇게 세월이 흘러
동생은 서울 이모가 되었지
명절 때마다 신발도
예쁜 옷도 가방도 사주는
우리 아이들에게
기쁨을 주는 서울 이모
세상에 둘도 없는
서울 이모

8월의 끝자락

자글자글 끓던 열기가
처서가 오니 놀라 도망을 갔다

앞마당에 무씨를 뿌리고
돌산갓씨를 뿌렸다

그 뜨거운 작렬함이
없었다면 어땠을까?

빨갛게 익어가는
고추는 볼 수 없었겠지?
마당가 고추잠자리
나래질 볼 수 없었겠지?

김 신 덕

명절 풍경

1.

자녀 둘이 있지만
아들은 미국에 딸은 호주에 살고 있어서
이런 명절은 더 외롭다고 하신다

그저 자식은 많이 공부시키지 말아야 해
잘 나면 나라의 아들
돈 많으면 처갓집 아들
빚 많으면 내 아들이라지

호주 딸네 가는 길 13시간
미국 아들네 가는 길 13시간
비행기 타고 가는 것이 싫어서
자녀들에게 가는 것도 힘이 드신단다

또 한 부부가 있다
30년 외국에서 사업을 하다 퇴직하고
한국에서 노년을 시작하신 부부
두 자녀 외국에 있고
그 외로움을 하모니카로 달래시는 분

2.

내가 사랑하는 또 한 분은
암을 멋지게 이기시고
다시 오뚝 서셨다

시니어 합창단으로 복귀하셔서
당신이 그 자리에 서 계시니 얼마나
멋지고 감사한지요
찬양의 은혜는 배가 된답니다

또 한 분은
남편을 호국원에 모시고
그 남편 곁은 지키고자
이천에 정착하신 분

천사처럼 항상 웃음으로 반기시는 분
항상 곁에 계시기에
시니어 합창단이
멋지답니다

3.

이른 오후 마당에 무쇠솥 하나 걸어
닭 세 마리 넣어 건져 먹고
찹쌀 넣어 죽을 쑤었다

시원한 바람이 부는 데크에 옹기종기 앉아
하모니카 반주에 맞춰
희미하게 기억나는 가사를 읊조리며
목청껏 노래를 불렀다

헤어지는 시간
아쉬움을 뒤로 하며
이렇게 좋아해 주셔서
우리 부부가 더 행복했었다

김 신 덕

시계

너는 내 생의 기찻길
바싹 붙어 한 곳을 바라보며
나란히 가는 길

비 내리고 바람 불어도
꿈적하지 않고 앞만 보고
달려가고 있구나
네 덕분에

평생을 들어도
질리지 않는 소리
척척
네 손 잡고
발 맞추는 소리

만 가지 은혜에 감사

감사는 망원경이다
작은 것도 보이게 한다
보이지 않는 것도 보이게 한다
상황을 뛰어넘는
감사를 하자

감사는 가시로도 찾아온다
내 영혼을 성숙하게 하는
상황 저 너머의 은혜로 찾아온다

감사하자
감사하자
오늘도 감사하자

김 신 덕

코스모스

작년 이맘때쯤 식구들과 함께 코스모스밭을 갔다
넓은 들판에 가득 피어있는 코스모스 꽃길을
가족들과 도란도란 이야기 나누며 행복했다
드문드문 씨가 여물었다
꽃을 좋아하는 남편과 함께
분홍 빨강 하양
색색별로 꽃씨를 받아왔다
올해초 마당 언저리에
씨를 뿌렸다

아침에 눈 뜨면 사랑을 주었지
아이고,
이쁘구나 어제보다 이만큼 자랐네
너희들 빨리 자라라고 물도 많이 줄게

한여름 땡볕 아래 쑥쑥 자라더니 가을로 들어서자
내가 제일이라고 뽐내며
툭 툭
꽃망울을 터트렸지
이제는 내 키보다도 훌쩍 커서 오가는 사람들에게
인사를 받는구나

너희들이 있으니 벌들도 나비들도 참으로 바쁘구나
그 옛날 학교 가는 길에
코스모스 싹을 심으며 다녔던 기억이 새록새록 난다
운동회가 열리는 이맘때쯤
학교 가는 그 긴 보뚝 길가에
코스모스 하늘하늘 나풀거렸는데

딸아이

좋아하는 걸 지켜봤더니
제 길 잘 찾아가더라

한 번 배우더니 재미가 있었는지
집에 오면 백 번은 치던 아이
동네 친구들 모아놓고
척 다리 꼬고 가르치던 아이
피아노만 있으면
행복한 아이

좋아하는 걸 하더니
제 길 제대로 잘 찾아 가더라
바리톤 이응광 선생을 만나
아침마당 나왔다고
하루 종일 전화 받느라
바빴다

음악을 사랑하며
사는 너
참 행복하겠구나

김 신 덕

시집 가는 딸

딸이 남자 친구를 데리고 왔다
숨겨 두었던 깔끔함 외모
떡 벌어진 어깨
잘 웃는 눈
용케도 3년을 숨겼단다
요렇게 짠 놀래키려고

만나서 반가워요?
정적 끝에 입을 열었다
장점이 뭐예요?
나도 모르게 툭 틔어 나왔다.
이게 뭔 소리?

제 장점은 성실함인 것 같습니다
많이 준비했나 보다
사위감은 성실하면 다 된다며
누누이 강조하던 평소의 말
딸래미가 컨닝 시켰나 보다

딩동댕 합격!
딸이 끼어들어 호들갑을 떱니다
만세!
사위감이 두 팔 들며 넉살을 떱니다
북 치고 장구 치고
요 녀석들 봐라

좋은 말만 하거라
시댁에 잘 해야
사위도 처가에 잘 하는 거다
친정에 올 때마다
챙겨주시던 어머니 말씀

고이고이 품었던
그 옛날 어머니 말씀
딸에게 조곤조곤 물려 줍니다

김 신 덕

세상이 끝난 것 같았던 절망의 늪에서 건져 올려 준 시,
두 딸의 아빠로 부끄럽지 않게 살도록 이끌어 준 시,
이제 더 많은 이웃들과 함께 하도록 자리를 펼쳐주는 시,
이제 이렇게 동요의 도시 이천에서 한국동요사랑협회를 만나
순수하고 진술한 동심으로
『소통과 힐링의 시창작교실』을
꽃 피울 수 있어 더없이 행복한 날들입니다.

이인환
1965년 이천에서 태어남. 이천 갈산동 거주. 출판이안 대표. 한국동요사랑협회 자문위원.
한국강사협회 명강사. 저서 『이미지 독서코칭』, 제3시집 『하늘이 바다가 푸른 이유는』 등
다수 출간.

가을숲

산다는 것은 어울리는 일이다
어울리는 것은 길을 찾는 일이다
사는 것이 의심스러울 때는
가을숲에 들어보자

뻗어야 하는 덩굴은 옆으로 옆으로
솟아야 하는 줄기는 위로 위로
홀로일 땐 그 길이 편한 길이지만
더러는 큰 줄기와 어울려 위로 위로
솟아야 하는 질긴 덩굴도 있고
거대한 덩굴과 어울려 옆으로 옆으로
퍼져야 하는 악착스런 줄기도 있듯이
산다는 것은
질기고 악착스레
어울리는
길을 찾는 일이다

사는 것이 의심스러울 때는
가을숲에 들어보자
때를 아는 잎새는
아래로 아래로
산다는 것은
어울리는
길을 찾는 일이다

169

이 인 환

구월의 노래

받아들이는 법을 배우라 한다 구월은
세상에 나왔다고 모두 다
여물어야 하는 것만은 아니라며
여무는 것과 여물지 못한 것들을
지천으로 펼쳐놓고
여문 것만 빛나는 게 아니라
여물지 못한 것들도 세상에
충분히 눈부실 수 있음을 보여주며
받아들이는 법을 배우라 한다

빨리 여문 곡식과 향내 진한 과일은
새와 벌레 먼저 불러 그들의 일부가 되고
사람의 손길을 많이 탄 것들은
그들의 노고에 일용할 양식이 되고
더러는 뜨거운 햇살 모진 곳에서
열매도 맺지 못한 채
타들어가는 꽃잎은 이것도
내가 세상에 나온 뜻이라며
구월의 들녘 곳곳에서 빛나고 있다

들녘에 서보자 그대여
구월은 있는 그대로 들녘에 서보자
타들어간 상처 뜯긴 대로 빛나고
단단한 알곡 영근 대로 빛나는
받아 들이는 만큼 챙길 수 있는
무엇 하나 버릴 게 없는
서툴었던 청춘의 아픈 사랑마저
햇살 뜨거운 풀잎마다 짙게 배여 있는
구월의 들녘에 서보자 우리

숲비

좋아하는 마음이 좋은 것을 만들고
좋아하는 것에 좋아하는 것을 보태면
하나 더하기 하나가 아니라
무한 곱이 된다고 하더라

숲도 좋고 비도 좋아
숲비에 들고 보니 보태기가
무한 곱이 되는
그 비밀을 알겠더라

너도 알리라
너도 좋고 나도 좋으면
하나 더하기 하나가 아니라
무한 곱의 좋은 세상이 된다는 것을

숲비에 들자 우리
언제나 좋아하는 마음 하나로
무한 곱의 좋은 세상을 누리는
우리 사랑 오롯이
숲비에 들자 우리

이 인 환

8월의 끝자락

가장 치열한 선택은 버텨내는 힘이다
세상 모든 것 사를 듯이 푹푹 쩌대던
광란의 하늘 아래 땅 위에서
피할 수 없어도 탓할 줄 모르고
묵묵히 버텨낸 생명들을 보라
우리가 그런 것처럼 저들도 힘들었고
저들이 그런 것처럼 우리도
정말 꿋꿋이 잘 버텨냈다

잊지 마라 때로는 더러는
버티는 것이 이기는 것이다
기다리는 것이 최선이다
고통이 극에 달해 힘이 들어
너무 힘에 겨워 아무리 생각해도
아무것도 할 수 없을 것만 같을 때는
아무 것도 하지 말고 오롯이
기다림의 자세로 버텨보라

가장 치열한 선택은 버텨내는 힘이다
낮과 밤 가리지 않고 푹푹 쩌대던
광란의 하늘 아래 땅 위에서
피할 수 없어도 탓할 줄 모르고
묵묵히 버텨낸 생명들을 보라
8월의 끝자락
언제 힘들었냐는 듯이 튼실히
여물어가는 인고의 열매를 보라

새벽 안개

새벽이 오자 어둠은 가고 안개는 남았다
아침 해는 안개 속에서 빛을 잃었고
어둠 속에서 밤을 지샌 그리움은
희미한 몽환으로 젖어드는데
세상은 아무렇지 않게 또 하루를 펼친다

어쩌면 우리의 삶이 이런 건지 몰라
잃는 것이 있어야 얻는 것이 있고
매순간 얻는 자리를 챙겨야
희미한 그리움이라도
너를 버티는
힘을 얻는 건지 몰라

안개는 가도 그리움은 남으리라
그대는 가고 나는 남은 것처럼
안개 속에서 몽환에 젖었던 그리움은
기약없는 세월 속으로 스며들면서
세상은 또 그렇게 하루를 펼치리라

어쩌면 그리움이 이런 건지 몰라
전부를 걸어야 챙길 수 있고
잃는 것을 받아들여야
너를 버티는
조그만 힘이라도
얻는 건지 몰라

이 인 환

징검다리

우연이 너무 많으면 실패한 소설이라는
사건의 건너뛰기를 너무 하지 말라는
소설작법은 우리 생의 큰 위안이더라
소설은 인생의 미완
길 없다고 울지 말자 사랑아
인생의 절반은 건너뛰기
인생의 절반은 징검다리더라
봐라 봐라 우연히 만난
징검다리 놓은 사람들의 마음을

어디에나 우연히 다가서는 사람 있고
어디에나 우연히 뒤에 올 사람 위해
길 닦는 사람 있더라
요기 바람 참방
조기 햇살 살랑
우연히 판 벌려주는 무지개
혼자라고 울지 말자 사랑아
인생의 절반은 건너뛰기
인생의 절반은 징검다리더라

사랑하는 것은

사랑하는 것은 주는 것만이 아니라
잘 받는 것에도 많이 있음을
언제나 분명히 새기게 하소서

사람은 나에게 잘 해준 사람보다
내가 조금이라도 베풀어준 사람에게
더 큰 호감을 갖게 된다는
따라서 누군가의 사랑을 얻으려면
때로는 누군가가 주는 것을
잘 받는 자세도 필요하다는
프랭클린 효과를
사랑하는 것은 주는 것만이 아니라
잘 받는 것에도 많이 있음을
언제나 분명히 새기게 하소서

아침마다 반겨주는 햇살의 사랑을
지천으로 웃어주는 꽃들의 사랑을
아니아니 천둥 번개라도
비가 오면 비 오는 대로
눈이 오면 눈 오는 대로
달콤한 소리만큼 거슬리고
못을 박는 소리라도
사랑하는 것은 주는 것만이 아니라
잘 받는 것에도 많이 있음을
무시로 선명히 새기게 하소서

이 인 환

차 한잔

말에는 말에만 뜻이 있는 게 아니라
행간과 문맥에
더 큰 뜻이 있다는 걸
아는 사람끼리
어울릴 수 있는 건 행복이다

차 한잔 하지?
차 한잔 어때?

모르는 이에겐 그깐 몇 천 원
혹은 밥 한끼보다 비싼 돈이지만
아는 사람은 알리라
행간과 문맥으로 통하는
사람이 있다는 건
무엇으로도 살 수 없는
삶의 소중한 가치

어때?
오늘 차 한잔

두레상

하늘에 달무리 떴다
지상에는 두레상무리

한여름 앞마당 멍석 위
일곱 식구 두레상 시샘하듯
밤하늘은 간간히 별똥을 싸고
지상의 아버진 달무리
부럽지 않다는 듯
연신 모깃불 피어올리고

두레상 챙기느라 땀범벅인
어머니의 수건질 미소에
올망졸망 둘러앉은 오남매
차린 것 없어도 마냥 행복한
지상의 두레상무리
함빡웃음으로 채우고

하늘에 달무리 떴다
지상에는 두레상무리

이 인 환

화전

마음이 예쁜 사람들이 화전을 빚었다
진달래 연분홍 예쁜 마음
눈으로 보기에만 아쉬워
가족들 입에 장에 살에 뼈에
영과 혼에
예쁘게 새기려 화전을 빚었다

겨우내 헤진 창호지 문고리 손잡이 옆에
봄맞이 단장으로 진달래꽃
예쁘게 붙이시던 어머니
농사철 앞두고 바쁘신 와중에도
없는 시간 만들어
봄햇살 예쁘게 화전을 빚었다

아는 이는 알리라
어떻게 먹어 이 예쁜 걸
어떻게 먹어
화전 한 접시 앞에 두고
호들갑 떠는 마음 속에는
참꽃 따먹던 배고픈 시절
어머니 예쁜 사랑
눈물이 한 접시라는 걸
그리움이 함박입이라는 걸

쓰임에 맞게 쓰일 때 최고인 것을
우리는 이천의 노래꾼

에이스 경로회관

권경자

오늘도 변함없이 오전 이른 시간
굽은 허리 엉거주춤한 걸음
할아버지 할머니들 출근하는 미소
숨겨둔 깔 자리 툭툭 털어서
계단 한 켠에 자리 잡는 어르신들을 위해
큰 방 작은 방 따뜻하게 데워놓고
문을 활짝 열어 텔레비전에
어떤 방엔 노래방 그리고 탁구 컴퓨터까지
점심시간이면 영양사가 짜준 식단으로
따뜻하게 사랑을 나눈다
마음까지 따뜻하게 해주는 정성
결코 아무나 할 수 있는 일이 아니다
노년 생활 외로운 길에 이런 곳 있으니
어르신들께 사랑의 꽃이 피어나는 곳
사랑이 있는 곳

이천터미널에 오면

1.

서울 표준어 '~했어요'도 아니고
충청 사투리 '~했시유'도 아닌
높임 종결어미 '~요'와 '~유'의 경계
'~여'를 얼버무린 '~했어여'를
'~했여'로 반말이 아닌 높임말로
사투리로 쓰는 이들을 만날 수 있습니다
이천터미널에 오면

오해 마세요
높임 종결어미를
'~요'도 아니고 '~유'도 아닌
'~여'를 얼버무린 반말 같은
'오해 마셔'식의
이천 사투리로 쓰는
토박이들을 만나더라도
오해 마세요
무시해서 쓰는 반말이 아니랍니다

2.

잘 살고 있을까요
쫄다구가 왜 반말이냐며
수시로 갈구던 군대 고참들
아, 이들과 내가 서로
다른 말을 쓰고 있다는 것을
알아차리기까지
꾹꾹 삼켜야 했던 분노들
오해가 오해를 낳고
오해가 오해로 버무려지던 상처들

들어 주세요
이천터미널에서 설사
반말처럼 들리는
'들어 주서' 소리 듣더라도
이천 토박이들
이천 사투리로 나누는 정이라고
열린 마음으로 들어 주세요
속 깊은 정으로 받아 주세요
이천터미널에 오면

영(令) 트는 날

이경근

1.

누에가 뽕잎을 갉아 먹듯이
사각사각 설봉산이 벗겨지는 날
땔감 긁어모으는 읍내 사람들 다닥다닥
산등성이 이불처럼 덮었던
낙엽을 홀라당 벗겨내 맨바닥 드러내고
푸른 소나무 손닿는 가지마다
낫질로 전부 도려내어
상투 올린 듯 꼭대기만 푸르다

영 트는 날은 낭구 하는 날
산림간수가 지키던 땔나무를
임금님 영 내리듯이 허락하던 날
땔감이 가을걷이 못지않게 중요하던 시절
사람들이 애타게 기다리던 날
열흘 이내 쉴 틈 없이
나뭇가리를 쟁여놓아야
따뜻한 겨울을 지낼 수 있어
통행금지 해제되는 새벽 네 시에
아버지 어머니 어린 자식 총동원해서
설봉산 향해 달려가던 날

2.

교실 창 너머 구만리뜰 보이고
수여선 협궤열차 뿜어내는 연기 따라
열여섯 소년의 꿈은
여주로 수원으로 내달리고
미루나무 가로수 비포장 길에
간간이 흙먼지 일으키는 자동차
서울로 서울로 유혹하는데

한눈에 들어오는 설봉산
화수분처럼 끊임없이 온기를 주는 곳
추운 겨울 웃풍 심한 온돌방
구들을 따뜻하게 해주고
굴뚝으로 솟아나는 연기는
정을 나누며 품어대는
이웃의 입김처럼
따뜻한 사람들 모이게 하고
그 속에 나를 있게 한 설봉산
영 트는 날
그 모습 잊지 못하네

겨울 노목(老木)

윤석구

설봉산 계곡
굴참나무 노목 한 그루
겨울을 건더온 묵묵함에
가린 것 하나 없어도
어린 나무들
고개를 조아린다

하산하던 중년 아낙
어린아이 손잡고
할아버지 지나가게
길을 비키자고 한다

모자 달린 등산복에
마스크도 했는데
용케도 알아 본다
굴참나무 노목 한 그루
어여 가라
따뜻한 미소 짓는다

마전터 햇살(동시)

최덕희

설봉산 저수지 밑
쉼터엔
빨간 의자들이 있어요

오늘 따라
아무도 오지 않으니
무척 심심해 보여요

살짝 가서 앉았지요
빠짝하며
반겨 주는 의자

소꿉친구처럼
누워서 하늘을 보며
우린 함께 헤헤헤헤

이천도예촌

쓰임에 맞게 쓰일 때 그것이 최고인 것을
진흙덩이 토기장이 손에 달렸네
치대고 주물러 반죽 만들고
돌려 돌려 모양 만들어
그림 그려 글 쓰고
장작불 속에
높은 온도 견디고 나니
토기장이 주인님 꺼내주시네
털고 닦아 광내고
진열대에 조심스레 올려 놓네
각양각색의 종류대로 빚어진 자기는
천한 그릇도 귀한 그릇도 없네
각자의 모양에 맞는 쓰임이 있을 테니
쓰임에 맞게 쓰일 때 그것이 최고인 것을
도예촌을 찾아
올 가을도 쓰임에 물 들어가네

이천장날

남향숙

난장의 중앙에도 자리 잡지 못하고
언저리로 밀려 난 좌판의
햇살 먹은 야채를 손질하시는 할머니

이천 오일장 2일 7일 내 어릴 적 선산장날과 똑같아 되새김을
하게 되니 엄마와 함께 고추 대추 팥 밤 보따리 모녀의 머리위
에 봉우리로 솟아올라 신작로까지 오솔길 5리 발도장을 찍어 버
스에 앉으면 오라이 어린 차장 신호에 길가에 늘어선 나무들 쌩
쌩 날아간다 장에 도착하면 장사꾼들 따라붙어 흥정을 하고 모
처럼 만진 돈으로 어머니가 인심 쓰시는 고등어 나일롱 질긴 옷
선물 받는 재미로 먼 길 좋아라 따라 다녔지

어릴 적 고향 장터가
이천장날 한 가운데
어머니를 아련히 모셔온다

애련정

정구온

폭염주의보가 내려진 날
안홍지 산책길을 걷는다
온천 호텔 스파플러스 담 너머에서
수영을 즐기는 아이들의 함성소리
폭염에 지친 매미가 울어대는데
축 처진 연잎
동무해주마고
함께 처진 수양버들

쌍둥이 분수대
이중주로 뿜어대는
애련정(愛蓮亭)이 애련(哀戀)해서일까
하늘은 그 하늘일진데
행궁은 어디 가고
폭염의 세월이 드리우는가
한낮의 매미 소리 더욱
애련(哀戀)해지는
애련정(愛蓮亭)

안홍지 추억

최덕희

겨울방학
방죽 지날 때
빨간 스케이트 타는 친구
무척 부러웠지

얼음판 위를 스치는
스케이트는 읍내에서
가장 큰 가겟집 딸
집에 와선
이유 없이 반항했지

꿈속에서도 갖고 싶었던
빨간 스케이트
안홍지 지날 때면
생각나는 그 친구
지금은
무엇을 할까

구만리 둑방길을 걷는다

신동희

　모심은 들판은 폭염 바람과 동행하고 진한 녹색으로 조금씩 순응하면 고추는 끊임없이 주인의 손에 따라 빨간 고추로 주렁주렁 고추잠자리 나도 좀 알아 달라고

　호박잎은 너울너울 풀잎과 함께 마디마디 둥근 초록열매가 되어 또 다른 색을 만들기 위해 꽃노래를 걸어 얼마 전 씨앗을 심던 참깨는 농부의 손에서 깨알 같은 부부의 사랑을 담고

　밤나무는 자식 지키기 위해 고슴도치 닮아가고 접시꽃 메꽃 나팔꽃 달맞이꽃 빨강 분홍 파랑 노랑 새들은 짹짹 찍찍 호르륵 째루째루

　햇빛은 금빛을 뿌려 아침길 밝히며 동네아저씨 아주머니들 강아지 끌고 안녕하세요 둑방길 콧노래로 건강 소망 불러 불러 앞으로 앞으로 위로 위로 쭈욱쭈욱 더불어 더불어

　이글이글 가마솥 더위도 폭염 속에 둑방길 친구들 작은 희망이 큰 희망 열매 가을은 분명히 오고 있다 시나브로 구만리 둑방길 걷는다

유림구만리

권경자

둥글둥글 살기 좋은 세상이라지만
생존 경쟁에 시달려
가끔은 야박한 인심에
놀랄 때도 있다네
그러나 보다 더
좋은 사람이 많다는 것을 알 수 있네

가끔 한 번씩 들르는 곳
후한 인심에 봉사와 매너까지 만점인 그 집
역시 본받을 만해
많은 사람들이 칭찬하며 찾는 집

넓찍한 마당에는
언제나 차들이 빼곡히
북새통이다
어른들께 갈비탕을 싸게 드리는
이천에 자리 잡은 유림 구만리
바로 그 식당을 말하고 싶네

진짜 밥맛

아버지 어머니가 복하천 상류의 단내
한 마을에서 나고 자라 만나신 분이라
저는 결혼으로 시내에서 살면서도
원없이 이천쌀을 먹었습니다
어느 순간 밥맛이 이상해졌지만
어머니 아버지가 주신 쌀이라
가짜일리는 없으니
이천쌀도 이제 맛이 갔나 했습니다
어느 날 작은형이 놀러왔다가
밥맛이 왜 이러냐며
쌀 떨어졌으면 집에서 갖다 먹지
왜 이런 밥을 먹냐며 한 마디 하더군요
이 쌀이 그 쌀이라며
이천쌀도 예전 맛이 아닌 것 같아
그러려니 먹고 있다 했더니
말도 안 되는 소리 말라며
반찬도 없이 먹는 게 이천쌀인데
이게 무슨 바보짓이냐며
이게 정말 집에서 가져온 거면
수돗물이나 솥을 바꿔 보라 했습니다
솥 바꾸는 일은 돈 드는 일이고
물 바꾸는 일이야 물통 하나면 그만이라
다음 날 얼른 시골집 물로 바꿔보았습니다

194

세상에나 진짜가 아무리 좋아도
모양만 흉내낸다고
진짜를 누릴 수 있는 건 아니었습니다
밥맛 하나도 그럴진대
진짜를 갖고도
진짜로 누리지 못하는 게 한둘일까요
돈 들어가는 솥부터 바꾸지 않기를
정말 잘 했다며
입안에 착 달라붙는 밥맛에
반찬을 먹는 것도 잊고
한 공기 쓱싹 비었습니다

산수유 마을 건너

세월도 내 생각을 지울 수 없다

그런데 넓은 들판 거닐면
속이 탁 트인다
산수유 마을 건너
넓은 들판
누렇게 익어가는 벼이삭은
내 쓸데없는 생각을 지울 수 있다

원적산 맑은 햇살이
넓은 들판 감싸며
내 마음을 물들인다

원적사 가는 길

서광자

들국화 날리는 들길 따라 가면
억새꽃 꿈꾸는 산길이 있다
바람소리 들으며
가을 길 걷다 보면
한여름 그대로 버텨낸 어머니처럼
우아한 모습을 한 백일홍이
활짝 웃어 반겨준다
참 예쁘다 그 꽃
원적사 가는 길
백일홍
시간 속을 지난다

온천공원

나지막한 동산 중턱에 동새말 동네가 있었다
피난 온 사람들이 모인 양철지붕이 많았지만
아주 편안한 이웃들이 살고 있었다

안흥리 가는 오솔길이 있었고
반딧불 메뚜기 잡던 논과 밭
그리고 미나리꽝이 있었다

지금은 자동차 길 때문에 동산은 둘로 갈라졌지만
온천공원 조성으로 갈라진 동산은 연결 다리로 하나 되었다
정상에선 사방팔방 둘러보며 무료 온천 족욕을 즐길 수 있다

남쪽에는 여주 영릉을 참배한 임금님이
이천 행궁에 머물며 돌아보신 애련정과 안흥방죽이 있다
눈과 피부에 효험 있는 온천배미에 자리잡아
지친 하루의 피로를 풀어주는
설봉온천랜드 미란다호텔 사우나가 성업 중이다

동쪽에는 구만리들을 가로지르는 복하천 건너
금송아지 불로초 전설이 있는 효양산 중턱에는
거란병 외교 담판술 장위공 서희 선생 테마파크가 있다

북쪽에는 이천에서 최초로 지어진 현대아파트가 있다
당시 그곳에 사는 것을 선망으로 여긴 이들이 많았다

그 이후 좋은 아파트가 시샘하듯 신축되었다
서쪽에는 설봉산이 있고
삼국시대의 요충지로 각축전을 벌이던 설봉산성이 있다
영월암 설봉공원 도자센터 월전미술관이 보이고
시가지가 한눈에 들어온다

온천공원엔 이천국제조각심포지엄 작품이
찾는 이들을 반갑게 맞이하여 주며
책과 더불어 즐기는 평생학습 북카페와
공원에서 마음껏 놀도록 장난감을 대여하는
아이랑 카페가 반겨준다

공원의 운동장에서 흘린 땀의 의미를
만끽하며 역동적 열정을 배우는 이들은
공원의 주인으로 진미를 알고 있겠지?

작열하던 태양이 서산으로 물 들면
노을 그리고 이둠 솔바람 따라
도란도란 이야기 나누고
이웃은 공원에서 하루를 즐긴다

이천온천 추억

정구온

흩어지는 꽃잎처럼 분분이 날리다 멀리 떠난 친구야
떠날 무렵 부모님과 함께 갔던
이천온천 노천탕에 내리던 꽃샘눈은
추억을 더 아리게 했고
온천에 흔적도 없이 사라지던 눈송이는
보이고 싶지 않던 나의 눈물임을 너는 아는지
이제야 꽃잎에 실어 그리움을 보내고
봄바람에 날려 보고픔을 적는다

꽃잎이 바람결에 떠나듯
네가 떠날 무렵
함께 했던 부모님도 꽃잎처럼 바람 따라
새처럼 훨훨 날아가신 이 즈음에
네가 부모를 그리워하듯이
나는 네가 그립다

이별을 목전에 둔 여행이었기에
즐겁고 행복하기보다
말할 수 없는 무게가 슬픔처럼 내려앉았던
그 날 그 시간들
온천도 복하천도 모습은 많이 달라졌지만
이름은 그대로 머물러 있듯이
이국땅의 너도 어떤 모습으로든 달라졌겠지만
이름만은 분명 그대로인 너를 떠올리며
이름만은 그대로인 내가
그리움이 꽃잎 되어 날리는
춘삼월 맑은 햇살에 안부를 묻는다

미미사진관

이천 중앙통 옆골목
사진관 지날 때
우리의 낭만을 간직한
보물의 시간을 보았네

교복 하얀 옷깃 세우고
김지미 엄앵란 흉내 내며
소녀의 맑은 미소를 날리곤 했지
모델을 꿈꾸던 예쁜 순이

수학 여행지
포항 앞바다
선글라스 빌려 쓰고
폼 잡던 친구들
지금도 사진 속에 웃고 있다네

엄마 되고 할머니가 되었어도
소녀들은
그곳에
머물고 있다네

관고전통재래시장

안지은

때로는 궁금해서 만나고 싶은 사람도
약속도 없이 상봉하는 덤이 있는
본능처럼 그리워하는 고향 냄새

그 고향 냄새가 있어서 좋다
거칠어 보이는 상품
투박한 포장
엄마 같은 분 할머니 같은 분
재래시장 언제나 푸근하게 반기네

먹고 싶은 것 필요한 것
다 해결할 수 있는 보물 창고
때로는 궁금해서 만나고 싶은 사람도
약속도 없이 상봉하는 덤도 있는
이천 관고전통재래시장

이천재래시장 용인닭발

남들 십만 원 벌 때 칠만 원으로 만족했다는
할머니의 웃음이 함박꽃처럼 밝다
부지런하고 인심 좋은 탓에
한 달에 한 번 쉬는 날도 할머니는
그냥 쉬는 법이 없었단다
나만의 맛을 내기 위해 고생 마다하지 않았더니
매운 닭발이 혀끝을 화끈하게 해도
쫀득하고 매운 그 맛으로 손님들이 다시 찾는다나

작은 홀 안은 손님들로 북적이고
오십 년의 애환이 배어있는
시장통 허름한 집
긴 세월만큼 손맛이 쌓인 덕일까
본점에서 대물림으로 분점까지 내고
손님을 반긴다

돈도 좋지만
사람이 살아야지
칠순 중반 할머니의 매운 생이
행복한 푸념으로 들려온다

명가빈대떡 경무 형님

이인환

음식은 입맛으로만 스미는 게 아니라
손끝의 정성으로만 스미는 게 아니라
사람 냄새 풍기는 주인장의 한생으로
더욱 진하게 스민다는 것을 알려주는
사람이 있으니 그가 바로
명가빈대떡 경무 형님이다

눈매는 햇살에 머무는 꽃을 닮았고
언행은 마을의 궂은 일 도맡아 하면서
전혀 티내지 않는 시골 이웃집
구수한 형님을 닮아
은근히 사람을 더욱 끌리게 하는
경무 형님의 한생이 스민
관고전통시장의 꽃 명가빈대떡

무엇을 하더라도 최고가 되기 위해
빈대떡 맛 하나 잡으려 밤을 지새울 때
우연히 이웃집 아줌마 빈대떡 빚으며
퐁퐁 젓가락 구멍 뚫는 모습에서
비법은 가까운 곳에 있다는 것을 알고
이웃의 중요성을 다시 새기게 되었다는
하여
이웃에게 더욱 가까이 가기 위해
내 생에 첫 술잔 스토리를 만들어

술 한잔 생각나면 누구나 찾을 수 있게
막걸리와 잘 어울리는 빈대떡
때로는 소주에 홍어애탕
가볍게는 골뱅이에 입가심 맥주 한잔
이웃들 취향 따라 골고루 마련한
경무 형님의 명가빈대떡

사람이 그리울 땐 추억의 사진으로
위로 받을 수 있게 만든 벽면의 사진판
요일별 한정 메뉴 특가 할인
간혹 소소한 기쁨 주는 깜짝 이벤트
사람이 사람을 좋아해서
사람이 언제라도 기쁘게 찾아주니
몸은 힘들어도 손님의 기쁨을
내 기쁨처럼 여긴다는
음식은 입맛으로만이 아니라
사람 냄새 풍기는 주인장의
한생으로 스민다는 것을 일깨워주는
사람이 그리울 때 더욱 생각나는
관고전통시장 명가빈대떡

성당 옆 옛 골목길

이경근

1.

키 작은 아이들도 들여다보일 정도로
낮은 담장 꽃밭에는 채송화 봉숭아 맨드라미 피던
한눈에 볼 수 없게 꾸부러진 옛 골목길
지금은 흔적조차 없다

구불구불 좁지만 동네 아이들 모두 모여
고무줄놀이 공기놀이 구술치기 놀이터였고
뜀박질하다 넘어져 무릎 까여도
공차기 신나던 운동장이었다

흙먼지 날리고 연탄재 쌓아 놓은 골목길
내 집 앞은 내가 쓸던 인심들
옆집에서 먼저 쓰는 빗자루 소리 들리면
너도 나도 빗자루 들고 나와 늦어 미안하다며
먼저 정다운 인사 나누고
오늘은 무엇을 맛있게 해 먹을까
시장 갈 이야기 수다로 풀던 아줌마들
시장바구니 들고 다시 나와 시장으로 향하던 길

2.

지금은 발가벗은 내 몸뚱이 보듯이
끝이 훤히 드러나 보이는 직선길
앞만 보고 빠르게 달려야만
할 것 같은 길

뛰놀던 아이들 정답던 아줌마들
어디로 갔을까 어디에 있을까
지금은 사라진 옛 골목 노래하는
정다운 시가 흐르고 있는 길

콘크리트 자동차 즐비한 골목길에
새로운 것과 잊혀져 가는 것이
기쁨도 주고 행복도 주면서
새로운 꽃을 피우고 있는
성당 옆 골목길

소통과 힐링의 시 15

시가 골목길로 내려왔다

초판 인쇄 | 2019년 11월 19일
초판 발행 | 2019년 11월 22일

지은이 | 윤석구 권경자 최덕희 정구온 서광자 이경근
　　　　　신동희 남향숙 위영자 안지은 김신덕 이인환

펴낸곳 | 출판이안

펴낸이 | 이인환
등　록 | 2010년 제2010-4호
편　집 | 이도경, 김민주
주　소 | 경기도 이천시 호법면 단천리 414-6
전　화 | 010-2538-8468
인　쇄 | 세종피앤피
이메일 | yakyeo@hanmail.net

ISBN : 979-11-85772-70-7 (03810)

「이 도서의 국립중앙도서관 출판예정도서목록(CIP)은 서지
정보유통지원시스템 홈페이지(http://seoji.nl.go.kr)와 국가
자료공동목록시스템(http://www.nl.go.kr/kolisnet)에서 이
용하실 수 있습니다. (CIP제어번호: CIP2019045483)」

값 13,000원